尼采詩集 星星的碎片

Sämtliche Gedichte
Friedrich Nietzsche

尼采｜著

周國平｜譯

我用這些碎片
建造了世界……

譯序

一

　　十九世紀中葉某一天，在德國東部的一條大路上，一個鄉村牧師帶著他的不滿五歲的兒子，從呂茨恩市回附近的本村去。那綠樹環抱的小小一個勒肯村就在大路邊，父子倆已經可以望見村裡教堂那長滿青苔的尖頂，聽見悠揚的復活節鐘聲了。不久後，牧師病逝。在孩子敏感的心靈裡，這鐘聲從此迴響不已，常常帶著他的憂思飛往父親的墓地。

　　一年後，弟弟又夭折。親人接連的死亡，使孩子過早地失去了童年的天真爛漫，開始對人生滿懷疑慮。他喜歡躲進大自然的殿堂，面對雲彩或雷電沉思冥想。大自然的美和神祕在他心中孕育了寫詩的欲望。在他十歲那一年，他的詩興第一次蓬發，寫了五十首詩，當然不免是些模仿之作。中學時代，他的小本子裡寫滿了詩。有一首詩，寫一個漂泊者在一座古城廢墟上沉睡，夢見該城昔日的輝煌和最後的厄運，醒來後悟到人間幸福的短暫。他的少年習作，調子都那樣憂傷：

　　　當鐘聲悠悠迴響，
　　　我不禁悄悄思忖：
　　　我們全體都滾滾
　　　奔向永恆的家鄉……

（〈歸鄉〉）

詩是憂傷的，但寫詩卻是快樂的，哪怕寫的是憂傷的詩。
他從寫詩中發現了人生的樂趣。他夢想自己寫出一本本小詩
集，給自己讀。從童年到學生時代，從學院生涯到異國漂泊，
他不停地寫詩，但生前只發表了一小部分。他死後，雖然名聞
遐邇，無人不知，卻不是因為他的詩。提起尼采，人們都知道
他是一個哲學家，而且是一個大有爭議的哲學家，榮辱毀譽，
莫衷一是。似乎是，人們關於他的哲學的意見把他的哲學掩蓋
了，而他的哲學又把他的詩掩蓋了。但他的詩畢竟在德國文學
史上佔據著重要的一頁。

二

尼采一八四四年十月十五日生於勒肯，一九〇〇年八月二
十五日死於魏瑪。他是一個哲學家，但哲學從來不是他的職
業。在萊比錫讀大學時，他學的是古典語言學，對古希臘文獻
有精湛的研究。從二十四歲起，他應聘在瑞士巴塞爾大學當了
十年古典語言學教授。三十四歲時，因病辭去教職，從此輾轉
於南歐的山谷海濱，直到十年後精神病發作，被人從客寓地接
回家鄉。十年的漂泊生涯，正是他的精神創作最豐產的時期。
他的大部分哲學著作，例如《快樂的科學》、《查拉圖斯特拉
如是說》、《善惡的彼岸》、《偶像的黃昏》，以及他的大部分
優秀詩作，都是他浪跡四方的隨感。與學院哲學家不同，他厭
惡書齋生活，反對構造體系。他自己說，他寧願在空曠的地
方，在山谷和海濱，在腳下的路也好像在深思的地方思考。當
他在大自然中散步、跳躍、攀登的時候，思想像風一樣迎面撲

來，他隨手記到筆記本上。所以，他的哲學著作大多用格言和警句寫成，充滿譬喻和象徵，把哲學和詩融成了一體。

德國近代是哲學家和詩人輩出的時代，而且，許多大詩人，如歌德、席勒、威廉‧施萊格爾、諾瓦里斯、海涅，也都兼事哲學。不過，大哲學家寫詩而有成就的，恐怕要數尼采了。哲學和詩兩全是一件難事，在同一個人身上，邏輯與繆斯似乎不大相容，往往互相干擾，互相衝突，甚至兩敗俱傷。席勒就曾歎訴想像與抽象思維彼此干擾給他帶來的煩惱，歌德也曾批評席勒過分醉心於抽象的哲學理念而損害了詩的形象性。但這種衝突在尼采身上並不明顯，也許正是因為，他的哲學已經不是那種抽象思維的哲學，而是一種詩化的哲學，他的詩又是一種富有哲理的詩，所以二者本身有著內在的一致。

十九世紀後半葉，德國最後一位浪漫主義大詩人海涅已經去世，詩壇一時消沉，模仿空氣甚濃。當時，尼采的詩獨樹一格，顯得不同凡響，並對後來蓋奧爾格、里爾克、黑塞等人的新浪漫主義詩歌發生了重大影響。

三

尼采把自己的詩分為兩類，一類是「格言」，即哲理詩，另一類是「歌」，即抒情詩。他的格言詩凝練，機智，言簡意賅，耐人尋味。如他自己所說：「我的野心是用十句話說出別人用一本書說出的東西，──說出別人用一本書沒有說出的東西。」為了實現這個「野心」，他對格言藝術下了千錘百煉的功夫。有些格言詩，短短兩行，構思之巧妙，語言之質樸，意味之深長，堪稱精品。例如：

整塊木頭製成的敵意
勝過膠合起來的友誼！
（〈老實人〉）

銹也很必要：單單鋒利還不行！
人們會喋喋不休：「他還太年輕！」
（〈銹〉）

他為了消磨時光而把一句空話
射向藍天——不料一個女人從空中掉下。
（〈非自願的引誘者〉）

不要把自己吹得太大：
小針一刺就會使你爆炸。
（〈反對狂妄〉）

　　尼采的抒情詩也貫穿著哲理，但方式與格言詩不同。他力
圖用他的抒情詩完整地表現他的哲學的基本精神——酒神精
神，追求古希臘酒神祭頌歌那種合音樂、舞蹈、詩歌為一體，
身心完全交融的風格，其代表作是〈酒神頌〉。這一組詩節奏
跳躍，韻律自由，如同在崎嶇山中自由舞蹈；情感也恣肆放
縱，無拘無束，嬉笑怒罵，皆成詩句。尼采自己認為〈酒神
頌〉是他最好的作品。無論在形式上還是內容上，它的確是一
組非常獨特的抒情詩，最能體現尼采的特色。

四

　　自幼沉浸在憂傷情緒中的尼采，當他成長為一個哲學家的時候，生命的意義問題就自然而然地成了他的哲學思考的中心問題。同樣，在他的詩歌中，永恆與必然、生命與創造、理想與渴望成了吟詠的主題之一。他一輩子是個悲觀主義者，但他也一輩子在同悲觀主義作鬥爭。他熱愛人生，不甘於悲觀消沉，因此，這個憂鬱氣質的人反而提倡起一種奮發有為的人生哲學來了。為了抵抗悲觀主義，他向古希臘人求援。他認為，古希臘人是對人生苦難有深切體會的民族，但他們用藝術戰勝人生苦難，仍然活得生氣勃勃。所謂藝術，應作廣義理解，指一種生活方式。一方面，這是一種審美的生活方式，迷戀於人生的美的外觀，而不去追根究底地尋求所謂終極意義。

> 你站在何處，你就深深地挖掘！
> 下面就是清泉！
> 讓愚昧的傢伙去怨嗟：
> 「最下面是──地獄！」
> （〈勇往直前〉）

　　在人生中發現美，但不要進一步追究美背後的虛無。尼采用希臘神話中給萬物帶來光明和美麗外觀的太陽神阿波羅來命名這種審美的生活方式，稱之為日神精神。

　　另一方面，又要敢於正視人生悲劇，像希臘悲劇中的英雄那樣，做人生悲劇中的英雄，不把個人的生命看得太重要，轟轟烈烈地活，轟轟烈烈地死。「對待生命不妨大膽冒險一些，特別是因為好歹總得失去它。何必死守這一片泥土……」尼采

認為，希臘悲劇起源於酒神祭，所以他用酒神狄俄尼索斯來命名這種悲劇的生活方式，稱之為酒神精神。

> 要真正體驗生命，
> 你必須站在生命之上！
> 為此要學會向高處攀登！
> 為此要學會──俯視下方！
> （〈生命的定律〉）

> 是的！我知道我的淵源！
> 饑餓如同火焰
> 熾燃而耗盡了自己。
> 我抓住的一切都化作光輝，
> 我放棄的一切都變成煤：
> 我必是火焰無疑！
> （〈看哪，這人〉）

　　這種高屋建領地俯視自己的生命的精神，這種像火焰一樣熊熊燃盡自己的精神，就是酒神式的悲劇人生觀。它是貫穿尼采哲學和詩歌的基本精神。

五

　　無論酒神精神，還是日神精神，都旨在肯定人生，把人生藝術化，度一個詩意的、悲壯的人生。尼采認為，在他的時代，否定人生的主要危險來自基督教及其道德。他在哲學中提出「一切價值的重估」，重點就是批判基督教道德。在詩歌

中，他一面熱情謳歌歡樂健康的生活情趣（如〈在南方〉，〈南方的音樂〉，〈在沙漠的女兒們中間〉），漂泊期間他常常在義大利的威尼斯、都靈、熱那亞、墨西拿、拉巴羅和法國的尼斯等南歐城市居住，那裡熱烈的生活氣息給了他創作的靈感；另一方面，他對基督教及其道德作了辛辣的諷刺（如〈虔信者的話〉，〈虔誠的貝帕〉，〈致地中海北風〉，〈新約〉）。他的立足點仍然是肯定人生：

> 我們不願進入天國——
> 塵世應當屬於我們！
> （〈話語、譬喻和圖像〉56）

針對基督教道德鼓吹「愛鄰人」而抹殺人的個性，尼采格外強調個性的價值。他認為，一個人只有自愛、自尊、自強，有獨特的個性和豐富的內心世界，才能真正造福人類。在他的哲學著作中，他一再呼籲：「成為你自己！」他的許多詩篇，如〈解釋〉、〈獨往獨來者〉、〈星星的道德〉、〈最富者的貧窮〉，也都是表達這一主題的。在他看來，唯有特立獨行的人對他人才有寶貴的價值：

> 我討厭鄰人守在我的身旁，
> 讓他去往高空和遠方！
> 否則他如何變成星辰向我閃光？
> （〈鄰人〉）

特立獨行的人不理睬輿論的褒貶，批評嚇不倒他，讚揚也不能使他動心：

是的，他不嫉妒：你們尊敬他的氣度？
他對你們的尊敬不屑一顧，
他有一雙遠矚的鷹的眼睛，
他不看你們！他只看繁星，繁星！
（〈不嫉妒〉）

尤其要藐視虛假的名聲，甘心淡泊和寂寞：

誰終將聲震人間，
必長久深自緘默；
誰終將點燃閃電，
必長久如雲漂泊。
（〈誰終將聲震人間〉）

尼采把虛假的榮譽譬為「全世界通用的硬幣」，並且揭示
了它與偽善的道德的關係：

榮譽和道德——情投意合。
世界這樣度日很久了，
它用榮譽的喧囂
支付道德的說教——
世界靠這吵鬧聲度日……
（〈榮譽和永恆〉）

尼采無疑是個人主義者。不過，他區分了兩種個人主義。
一種是「健康的自私」，它源於心靈的有力和豐富，強納萬物
於自己，再使它們從自己退湧，作為愛的贈禮。另一種是「病

態的自私」，源於心靈的貧乏，唯利是圖，總想著偷竊。他主張的是前一種個人主義。所以，魯迅稱讚他是「個人主義之至雄桀者」。

六

尼采是個詩人，可是他對詩的態度是矛盾的。一方面，他認為人生不能缺少詩。個人是大自然的偶然的產品，生命的意義是個謎，人生沒有詩來美化就會叫人無法忍受。「倘若人不也是詩人，猜謎者，偶然的拯救者，我如何能忍受做人！」另一方面，他又覺得詩不過是美麗的謊言，是詩人的自欺。〈查拉圖斯特拉如是說〉裡有一段話，最能表明他的這種心情：

「一切詩人都相信：誰靜臥草地或幽谷，側耳傾聽，必能領悟天地間萬物的奧祕。

倘有柔情襲來，詩人必以為自然在與他們戀愛：

她悄悄俯身他們耳畔，祕授天機，軟語溫存：於是他們炫耀自誇於眾生之前！

哦，天地間如許大千世界，唯有詩人與之夢魂相連！

尤其在蒼穹之上：因為眾神都是詩人的譬喻，詩人的詭詐！

真的，我們總是被誘往高處——那縹緲雲鄉：我們在雲朵上安置我們的彩衣玩偶，然後名之神和超人：——

所有這些神和超人，它們誠然很輕，可讓這底座托住！

唉，我是多麼厭倦一切可望而不可即的東西！唉，我是多麼厭倦詩人！」

他哀於生命意義之缺乏而去尋找詩，想借詩來賦予生命以意義，但他內心深處仍然認為，詩所賦予的意義是虛幻的：

不朽的東西
僅是你的譬喻！
麻煩的上帝
乃是詩人的騙局……

世界之輪常轉，
目標與時推移；
怨夫稱之為必然，
小丑稱之為遊戲……
世界之遊戲粗暴，
摻混存在與幻相：──
永恆之丑角
又把我們摻進這渾湯！……
（〈致歌德〉）

尼采在談到藝術的作用時曾經說，人生本是有永恆的缺陷的，靠了藝術的美化，我們便以為自己負載著渡生成之河的不再是永恆的缺陷，倒以為自己負載著一位元女神，因而自豪又天真地為她服務。在一首詩裡，他換一種說法表達同一層意思：人生的導遊戴著藝術的面具和面紗，儼然一位嫵媚的少女。可是：

可悲！我看見了什麼？
導遊卸下面具和面紗，
在隊伍的最前頭
穩步走著猙獰的必然。
（〈思想的遊戲〉）

　　試圖用詩拯救人生，卻又清醒地意識到詩並不可靠，這種矛盾使尼采的情感不斷自我衝突，也使他的詩作充滿不諧和音，優美的抒情往往突然被無情的諷刺和自嘲打斷，出人意外，又發人深省。有些詩，如〈詩人的天職〉、〈韻之藥〉、〈詩人而已！小丑而已！〉，通篇都是詩人的自嘲，但這種自嘲又不能看作對詩的單純否定，而是一種悲苦曲折心情的表現。事實證明，尼采所主張的藝術人生觀並不能真正戰勝悲觀主義，相反是以悲觀主義為前提和歸宿的。

七

　　愛情從來是詩歌的一根軸心，可是，在尼采的抒情詩裡，幾乎找不到愛情詩。他一生中只有一次為時五個月的不成功的戀愛，以及對李斯特的女兒、瓦格納的夫人柯西瑪的一種單相思。有人分析，〈阿莉阿德尼的悲歡〉一詩是他對柯西瑪的愛的自供狀，但這也只是後人的分析罷了。

　　尼采抒情詩的主旋律是友誼和孤獨。他十四歲寫的一個自傳裡說：「從童年起，我就尋求孤獨，喜歡躲在無人打擾我的地方。」又說：「有真正的朋友，這是崇高的、高貴的事情，神明賜與我們同舟共濟奔赴目標的朋友，意味深長地美化了我們的生活。」尋求孤獨，渴望友誼，表面上相矛盾，其實不然。一顆高貴的心靈既需要自我享受，又需要有人分享。

　　尼采把最美好的詩句獻給友誼女神。在人生之旅的開始，友誼是「人生的絢麗朝霞」，在人生之旅的終結，友誼「又將成為我們燦爛的夕照」（〈友誼頌〉）。他還稱友誼為他的「最高希望的第一線晨曦」，即使人生荒謬而可憎，有了友誼，他「願再一次降生」（〈致友誼〉）。

　　可是，尼采在友誼方面的遭遇並不比在愛情方面更幸運。他青年時代有兩個好朋友，一個是他的大學同學洛德，另一個是大音樂家瓦格納。但僅僅幾年，因為志趣的不同或思想的分歧，都疏遠了，絕交了。他走上了萍蹤無定、踽踽獨行的旅途，沒有朋友，沒有家庭，沒有祖國，沒有職業。也許沒有人比他對孤獨有更深的體味了，在他的書信中，充滿對孤獨的悲歎，他談到「那種突然瘋狂的時刻，寂寞的人要擁抱隨便哪個人」，他訴說他的不可思議的孤單：「成年累月沒有讓人興奮的事，沒有一點人間氣息，沒有一絲一毫的愛⋯⋯」然而他又謳歌孤獨，給我們留下了諸如〈漂泊者〉、〈秋〉、〈松和閃電〉、〈孤獨〉、〈漂泊者和他的影子〉、〈最孤獨者〉這樣的描寫孤獨的名篇。這個畸零人無家可歸，他站在冬日荒涼的大地上：

像一縷青煙
把寒冷的天空尋求。
（〈孤獨〉）

孤獨的痛苦，在尼采筆下化作詩意的美：

此刻，白晝厭倦了白晝，
小溪又開始淙淙吟唱
把一切渴望撫慰，
天穹懸掛在黃金的蛛網裡，
向每個疲倦者低語：「安息吧！」——
憂鬱的心啊，你為何不肯安息，
是什麼刺得你雙腳流血地奔逃⋯⋯
你究竟期待著什麼？

21

（〈最孤獨者〉）

在孤獨中，尼采格外盼望友誼，盼望新的朋友。新的朋友終於來了，但這是他自己心造的朋友。他的孤獨孕育出了查拉圖斯特拉的形象：

朋友查拉圖斯特拉來了，這客人中的客人！
現在世界笑了，可怕的帷幕已扯去，
光明與黑暗舉行了婚禮……
（〈自高山上〉）

從此以後，尼采把查拉圖斯特拉當作他的知心的朋友和真正的安慰，這個形象日夜陪伴著他，使他寫出了〈查拉圖斯特拉如是說〉這部奇書，也使他寫出了〈酒神頌〉這組狂詩。查拉圖斯特拉也是〈酒神頌〉的主角。他不畏孤獨，玩味孤獨，自求充實：

十年以來——
沒有一滴水降臨我，
沒有一絲沁人的風，沒有一顆愛的露珠
——一片不雨之地……
我求我的智慧
在這乾旱中不要變得吝嗇：
自己滿溢，自己降露，
自己做焦枯荒野上的雨！
（〈最富者的貧窮〉）

〈酒神頌〉是一曲孤獨的頌歌。但是，這孤獨者已經處在
瘋狂的邊緣了。一八八九年一月，尼采的朋友奧維貝克來到都
靈，把精神病發作的尼采接回家鄉去。途中，這個瘋子竟然唱
起了他的即興歌曲，他一生中所創作的最優美和諧的抒情詩，
他的幸福的絕唱：

我佇立橋頭，
不久前在褐色的夜裡，
遠處飄來歌聲：
金色的雨滴
在顫動的水面上濺湧。
遊艇，燈光，音樂──
醉醺醺地遊蕩在朦朧中……

我的心弦
被無形地撥動了，
悄悄彈奏一支貢多拉船歌，
顫慄在絢麗的歡樂前。
──你們可有誰聽見？……
（〈我佇立橋頭〉）

正像在幻想中找到知心的朋友一樣，他在瘋狂中找到了寧
靜的幸福。

早年詩作
（一八五八～一八六八）

人生是一面鏡子
Ein Spiegel ist das Leben

人生是一面鏡子，
我們夢寐以求的
第一件事情就是
從中辨認出自己！！

Ein Spiegel ist das Leben.
In ihm *sich* zu erkennen,
Möcht ich das erste nennen,
Wonach wir nur auch streben.!!

題生日

這裡自然撒下最美的禮物
這裡繆斯流連於森林山麓
這裡湛藍無比的天空
始終照耀常青的幽谷
這裡每日每時周而復始
主的造福的全能
天父的充滿愛的忠誠
給我們畫出它的永恆慈容。
今天一首快樂的頌歌也這樣響起
奉獻給超越生死的主
你對它永懷讚美和感激
它以它的恩寵給了你一個新的年度。
祝願幸福在其中為你盛開
而從二月的陰沉黑夜裡
這一年為你噴薄而出,就像從朝霞中
旭日躍上充滿喜悦的壯麗。

我站在光禿禿的岩石上

我站在光禿禿的岩石上
而夜幕四合把我包圍
從這寸草不長的高崗
凡軀之我眺望鮮花盛開的原野。
我看見一隻山鷹在翱翔
帶著幼稚的勇氣
沖向金色的光亮
躍入永恆的晚霞裡。

哦，甜蜜的林中和平

哦，甜蜜的林中和平
使我憂愁的心振奮
它在人間難覓安寧
你把它舉向天穹。
我撲倒在綠草叢裡
淚泉打開了
雙眼朦朧，臉頰濕潤
心兒明亮而單純。
低垂的枝葉
用它們的陰影
遮蔽奄奄一息的病人
如同一座寂靜的墳

我想在綠樹林裡死去
不！不；滾開這不祥的
念頭！就在綠樹林裡
響起了鳥兒快樂的歌聲
橡樹搖晃它們的冠頂
於是霎那之間
有一些巨大的力
撼動你的棺木
於是靈魂的和平

來到你的墳墓
凡軀之你唯有借此
才能獲得真正的安寧

雲在金色的天穹漂移
給你換上雪白的襯衣
它們憤怒地聚攏
射下電光火龍
天公哭了
在這可愛的春天
雷聲到處歡叫
一心要找到
一個渴望死亡的人
而有幾滴苦澀的淚落在你身上
於是你醒了
你站起來，環顧四周，笑了

凡活著的必然消逝

凡活著的必然消逝，
玫瑰花必然隨風飄落，
你願有朝一日看見她
在歡樂中復活！

悠揚的晚禱鐘聲

悠揚的晚禱鐘聲
在田野上空回蕩，
它想要向我表明
在這個世界之上
終究沒有人找到
家鄉和天倫之樂：
我們從未擺脫大地，
終究回到它的懷抱。

當鐘聲悠悠迴響
Wenn so die Glocken hallen

當鐘聲悠悠迴響，
我不禁悄悄思忖：
我們全體都滾滾
奔向永恆的家鄉。
誰人在每時每刻
掙脫大地的羈勒，
唱一支家鄉牧歌
讚頌天國的極樂！

Wenn so die Glocken hallen,
Geht es mir durch den Sinn,
Daß wir noch alle wallen
Zur ewgen Heimat hin.
Selig wer allezeit
Der Erde sich entringet
Und Heimatslieder singet
Von jener Seligkeit!

歸鄉

這是痛苦的日子，
當我一度離開；
心兒加倍地憂慮，
當我如今歸來。
旅途懷抱的希望
毀於殘酷的一擊！
呵，災難深重的時光！
呵，不祥的日子！

我久久垂淚
在父親的墳前，
苦澀的淚水
灑在家庭墓園。
父親珍貴的房屋
如今淒涼又沉悶，
我不禁常常逃出，
躲進陰暗的樹林。

在濃郁的樹陰裡，
我忘掉一切不幸，
在恬靜的睡夢裡，
我心中恢復安寧。

玫瑰和雲雀的鳴囀
顯示了青春的歡暢，
橡樹林為我催眠，
我在樹陰下臥躺。

你們鳥兒在微風中

你們鳥兒在微風中
輕歌曼舞
問候我的尊貴的
親愛的故土。

你們雲雀隨身帶來了
溫柔的花朵！
我用它們裝飾
莊嚴的祖屋。

哦，你夜鶯朝我
徑直飛下來，
把玫瑰的蓓蕾
撒向我父親的墓！

廢墟
Saaleck

黃昏的寧靜像天堂
懸在峰谷的上方。
夕陽含著慈愛的微笑
投下最後的光芒。

四周的峰巔殷紅閃亮
莊嚴而輝煌。
我彷彿看見，帶著古老的威力
刻刀下躍出騎士的儀仗。

聽哪！從城堡裡傳出
喧鬧快樂的聲響：
四周的森林側耳傾聽
那充滿喜悅的迴響。

這期間奏響了許多支歌
詠唱狩獵的歡愉、武功和酒香：
號角嘹亮；夾雜著
隆隆戰鼓震天響。

這時夕陽沉沒了；

歡樂的聲音突然不知去向。
墳墓般的寂靜和恐怖
令人不安地罩住了殿堂。

廢墟如此悲哀地臥躺
在荒涼的岩石之上。
我望著它，一陣戰慄
深深地擊中我的心房。

Selger Abendfrieden
Schwebt über Berg udn Tal.
Holdlächelnd sendet die Sonne
Hernieder den letzten Strahl.

Die Höhen rings erglühen
Und schimmern in Glanz und Pracht.
Mich dünkt, die Ritter entstiegen
Den Gräbern mit alter Macht.

Und horch! Aus den Burgen ertönet
Lautrauschend ein lustiger Schall.
Die Wälder rings horchen und lauschen
Dem Wonnigen Widerhall.

Dazwischen erklingen viel Lieder
Von Jagdlust, von Kampf und Wein:
Hell schmettern die Hörner; es schallen

Laut dröhnend Trommeten hinein.

Da sank die Sonne; verklungen
Verhallet der freudige Klang.
Und Grabesstille und Grauen
Umhüllte die Hallen bang.

Die Saaleck liegt so traurig
Dort oben im öden Gestein.
Wenn ich sie sehe, so schauert's
Mir tief in die Seele hinein.

無家可歸

我騎駿馬
無懼無怕
向遠方飛奔。
見我者知我，
知我者稱我——
無家可歸的人。
嗨嗒嗒！
不要拋下我！
我的幸福，明亮的星辰！

誰敢斗膽
向我盤問
何處是我的家鄉？
我從來不拘於
空間和匆匆光陰，
如鷹隼自由飛翔！
嗨嗒嗒！
不要拋下我！
我的幸福，迷人的五月！
我終有一死，
與死神親吻，
可我豈能相信：

我會躺入丘墳，
不能再啜飲
生命的芳醇？
嗨嗒嗒！
不要拋下我！
我的幸福，絢麗的幻夢！

飛逝了迷人的夢

飛逝了迷人的夢
飛逝了從前的歲月
現在令人恐懼
未來迷茫遙遠

我從未感覺到
人生的歡樂和幸福
回望早已消失的時辰
我心中充滿悲苦

我不知道我愛什麼
我的心沒有歸宿
我不知道我相信什麼
我還活什麼、為什麼活？

我但求死去、死去
安眠在綠色的草地
頭頂是漂移的白雲，
四周是森林的孤寂。
宇宙的永恆之輪
滾動在迴圈之路上
地球始終自己給自己

上緊生銹的彈簧。

美啊，大氣圍繞著
旋轉的地球飄蕩
慢慢飄向各個角落，
在懸浮的大全中耗光！

美啊，把世界纏繞進
萬有引力之場。
然後寫一篇報導
談論世界的周長。

我把無窮吞進
我的胃的深淵
然後用一千個理由
終於證明了世界和時間

人不是神的
合格的肖像

一天天越發艱難
……
我也按照我的天性
設想上帝的形象。

我從沉重的夢中
被沉悶的響聲震醒

透過暗藍色的夜空

孤獨的我
透過暗藍色的夜空
看見刺眼的電光
閃爍在滾滾烏雲的邊上。
遠處孤獨的雲杉
挺立在薄霧籠罩的山崗。
頂上透著紅色的光，
灰白的煙向樹林遊蕩。
天邊明亮，
細雨輕輕地下，
以自己的方式敘說哀傷。

在你濕潤的淚眼裡
停留著一瞥，
真誠而苦澀，
為你和我驅散了痛苦，
絕望的時刻和消逝的幸福
一起被喚回了。

請允許我向你敞開

請允許我向你敞開
我的封閉的心！
你的愛的祕密力量
如此仁慈溫柔地
安息在我的淒涼的
舉世孤獨的痛苦上，
使我漲滿了
對你的渴望，
你這明麗的天國燭光！

請允許我向你傾訴，
你的靈的祕密祝福
滋潤了我，
我匍匐在你腳旁，
你關愛而信任地
把我看個透，
你的神力不可抵抗。
我有福了，
我的心捶打得如此響亮。

今和昔

我心沉重，時光黯淡，
真不快活：
憂愁、苦惱和消遣
都把我拖入漩渦。
我不再能看見天，
那五月的蔚藍：
狂暴的痛苦獰笑著
把我攻破。

我背棄了
古時遺下的訓誡，
它在記憶中
喚醒童年的聖潔。
我背棄了
童年堅守的信念：
我愚弄我的心
任自己遭到搶劫。

有什麼發現？廢話！
惟有兩眼汪汪！
淚水輕率地奪眶而出，
沒有朦朧的渴望，

金色的淚滴──豈不是幻象？
它僅片刻閃光，
死亡就把有力的「不」
寫滿了每一行。

我是一枚舊幣，
已經變綠，
臉上長了青苔，起了皺折，
而它曾經臭美。
懷疑的皺紋縱橫交錯，
密佈在上面，
生活的塵垢結成灰塊，
積聚在周圍。

誰還把他的心給我，
愛去了何方？
誰給我解渴的水，
他們都在何處躲藏？
哪裡有一線明麗的陽光
會照到我身上？
誰肯接受我的殘剩的
幸福、夢想和希望？

我拋掉我的顫動的心，
讓它靜伏，
其上翻滾著快樂、利益、
痛苦、知識、如山的重負。

莫非是自我折磨、壓迫、束縛——
在這混亂的時刻，
它們碰撞，大火熊熊，燒毀了
聯結的萬物。

我就此又黑又密地
寫了好幾頁紙，
可是文字很少停留在
血紅的鉛字裡，
白底上的文字
勾勒出一個上帝：
我曾是上帝而這個白底
自欺並且把我欺。

哦，我可以逃離了，
世界令我疲憊，
像燕子飛往南方，
我走向我的墳墓：
四周是夏晚溫暖的空氣
和金色的光縷。
教堂頂的十字架四周
是玫瑰花香、孩子嬉鬧和絮語。

於是我跪向一截朽木，
萬籟俱寂：

滿天薄霧似的雲彩
在頭頂驕傲地飄浮。
教堂的陰影籠罩著我，
淡淡的香氣裡
百合花搖曳輕舞，
叩問我的熱烈的思緒。

哦，請安靜，我的時代的異鄉人，
我問候你
出自無語的孤獨，
我在何處懺悔我的日子。
從我的生活之井裡
泉水神聖地湧起：
我看著你，讓我的渴望的心
平靜地流血至死。

回憶

嘴唇顫抖，眸子含笑，
可是充滿責備地
圖像從深深的心之黑夜升起了——
溫柔的星星閃耀在我的天國之門了。
它勝利地閃耀——而嘴唇
卻緊閉了——而淚水卻洶湧了。

你來我往
秋波飛送閃爍的火花，
越來越陰鬱了，
我的天空彎成了穹隆，因悲傷而醉，
親愛的，啊，親愛的，
顫抖的心破碎了。

你來我往
閃電在顫動——而嘴卻沉默了。
雲的收集者，哦，心的精通者，
把我們造就為成年人了！

獻給陌生的神

又一次，正待繼續動身
投出眺望的目光，
我孤零零舉起了手掌，
舉向你，我向你逃遁，
在我心靈深處為你築起莊嚴的祭壇，
歲歲旦旦
你的聲音在向我疾呼。

祭壇上燃著刻骨銘心的
一行字：獻給陌生的神。
我屬於他，儘管直到此刻
我猶負著褻瀆者的惡名：
我屬於他──我感覺到那個圈套
把我束縛在戰鬥裡，
可是即使能脫逃，
我仍不得不受他驅使。

我願認識你，陌生的神，
你牢牢俘獲了我的心，
我的生命猶如一陣飄風，
不可捉摸的神，你是我的近親！
我願認識你，受你驅使。

抒情詩

（一八六九～一八八八）

歌與格言

始於節拍，終於韻腳，
始終貫穿著音樂的靈氣：
這樣一種神聖的吱吱
被稱作歌。常言道，
歌就是：「如樂之詞。」

格言有一新的天地：
它能嘲諷，跳躍，遊蕩，
格言從來不能歌唱，
格言就是：「無歌之思。」

可允許我把二者帶給你們？

在巴塞爾我昂首挺立*

在巴塞爾我昂首挺立，
然而孤獨——連上帝也要悲泣。
我大聲 喊：「荷馬！荷馬！」
使人人如負重壓。
人們走向教堂和家門，
一路把這 喊者嘲諷。

現在我不再為此憂悶，
因為最優秀的聽衆
傾聽我的荷馬演說，
始終耐心而靜穆。
對這一番盛情
我報以衷心的謝忱！

---

*一八六九年五月，尼采受聘為巴塞爾大學古典語文學教授，該詩表達的是他發表
就職講演《荷馬和古典語文學》時的感想。

致憂鬱

別為此責怪我，憂鬱女神，
如果我削尖筆要把你頌揚，
頌揚著你，垂頭躬身，
孤零零地坐在一截樹墩上。
你常常看見我，特別是昨天，
在清晨的一束灼熱陽光裡：
兀鷹饑喚著投向山澗，
它夢見枯木樁上野獸的屍體。

你誤解了，猛禽，儘管我活像
木乃伊靜息在我的底座上！
你不見那眼珠，它正喜洋洋
顧盼眺望，自豪又高昂。
而當它沒有跟你升上高空，
卻凝神於最遙遠的雲的波浪，
它沉浸得如此深，在自身中
閃電似地把存在的深淵照亮。

我常常這樣坐著，在無邊的荒野，
難看地蜷曲，像供作犧牲的蠻人，
思念著你，憂鬱女神，
一個懺悔者，哪怕在青春歲月！

我這樣坐著，陶醉於兀鷹的展翅
和滾滾雪崩的如雷轟響，
你對我說話，不染人類的欺詐，
那樣真誠，卻帶著極嚴酷的面相。

你，鐵石心腸的莊嚴女神，
你，女友，你愛顯現在我的身旁；
你威脅著指給我看兀鷹的爪痕
和雪崩將我毀滅的意向。
四周洋溢著咄咄逼人的殺機：
強迫自己生存，這痛苦的熱望！
在僵硬的岩石堆上施展魅力，
花朵正在那裡把蝴蝶夢想。

我是這一切──我顫慄著悟到──
受魅惑的蝴蝶，寂寞的花莖，
兀鷹和陡峭的冰河，
風暴的怒號──一切於你都是光榮，
你，憤怒的女神，我向你深深折腰，
垂頭躬身，把可怕的頌歌哼哼，
於你只是光榮，當我不屈不撓
渴望著生存、生存、生存！

別為此責怪我，慍怒的女神，
如果我用韻律為你精心梳妝。
你靠近誰，誰就顫抖，露出驚恐的臉容，
你的怒掌觸到誰，誰就震盪。

而我在這裡顫抖著唱個不停，
而我在有節律的形式中震盪：
墨水在暢流，筆尖在噴湧——
現在呵女神，女神請讓我——讓我退場。

深夜暴雨之後

現在，你像霧幕一樣，
陰鬱的女神，懸掛在我的窗口。
慘白的雪花紛亂飛揚，
洶湧的溪流訇然長吼。

呵！那突然閃亮的電弧，
那桀驁不馴的雷鳴，
那山谷的瘴氣，女巫，
是你在把死亡的毒液澆淋！

午夜時分，我顫慄著傾聽
你的歡喊和悲號，
看炯炯怒眸，看雷霆
威嚴地把正義之劍拔出劍鞘。

你就這樣走向我淒涼的眠床，
全副武裝，刀光閃爍，
用礦石的鎖鏈敲擊寒窗，
對我喝斥：「聽著，我是什麼！

我是偉大的永生的亞瑪遜女子*，
絕不怯弱、馴良和溫柔，

我是有著大丈夫的仇恨和冷嘲的女戰士，
既是女中豪傑，又是母獸！

我足跡所到之處一片屍體，
我的眼睛噴射出憤怒的烈火，
我的頭腦惡毒——現在下跪吧！禱告吧！
或者腐爛吧，蛆蟲！熄滅吧，鬼火！」

---

*亞瑪遜女子，希臘神話中尚武善戰的婦女族，居住在亞速海沿岸或小亞細亞。

友誼頌

1
友誼女神，請垂恩下聽
我們正唱著友誼之歌！
朋友的目光投向哪裡，
哪裡就洋溢友誼的歡樂：
幸臨我們的是
那含情一瞥的曙色
和忠誠擔保青春永在的神聖法則。

2
晨光已逝，而正午
用灼熱的眼光折磨著頭腦；
讓我們隱入涼亭
在友誼的歌聲裡逍遙，
那人生的絢麗朝霞
又將成為我們燦爛的夕照……

漂泊者
Der Wanderer

一個漂泊者徹夜趕路
邁著堅定的腳步；
他的伴侶是──
綿亙的高原和彎曲的峽谷。
夜色多麼美麗──
可他健步向前，不肯歇息，
不知道他的路通向哪裡。

一隻鳥兒徹夜唱歌；
「鳥兒呵，你這是何苦！
你何苦要阻留我的心和腳，
向我訴說甜蜜的隱衷和煩惱，
使我不得不站住，
不得不傾聽──
你何苦要用歌和問候把我阻擾？」──

可愛的鳥兒悄聲辯護：
「不，漂泊者，我的歌並不
並不是要把你招引──
我招引的是我在高原的情人──
這與你何干？

我不能孤零零地欣賞夜的美景。
這與你何干？因為你非要匆匆夜行
而且永遠永遠不能停頓！
你為什麼還佇立著？
我的鳴囀對你何損，
你這漂泊的人？」

可愛的鳥兒悄然思忖：
「我的鳴囀對他何損？
他為什麼還佇立著？——
這可憐的、可憐的漂泊的人！」

Es geht ein Wandrer durch die Nacht
Mit gutem Schritt;
Und krummes Tal und lange Höhn —
Er nimmt sie mit.
Die Nacht ist schön —
Er schreitet zu und steht nicht still,
Weiß nicht, wohin sein Weg noch will.

Da singt ein Vogel durch die Nacht:
"Ach Vogel, was hast du gemacht!
Was hemmst du meinen Sinn und Fuß
Und gießest Herz-Verdruß
Ins Ohr mir, daß—
Was lockst du mich mit Ton und Gruß?"—

Da gute Vogel schweigt und spricht:
"Nein, Wandrer, nein! Dich lock ich nicht
Mit dem Getön —
Ein Weibchen lock ich von den Höhn —
Was geht's dich an?

Allein ist mir die Nacht nicht Schön —
Was geht's dich an? Denn du sollst gehn
Und nimmer, nimmer stillestehn!
Was stehst du noch?
Was tat mein Flötenlied dir an,
Du Wandersmann?"

Der gute Vogel schweig und sann:
"Was tat mein Flötenlied ihm an?
Was steht er noch?—
Der arme, arme Wandersmann!"

在冰河邊
Am Gletscher

正午的驕陽
剛剛升上山岡，
男孩睜著疲倦的、熱切的眼睛；
他喃喃囈語，
我們只好眼看著他囈語。
他急促地喘息，像病人一樣喘息，
在發燒的夜裡。
冰峰、冷杉和清泉
向他應答，
我們只好眼看著它們應答。
瀑布躍下巉岩，
前來問安，
陡然站住猶如顫抖的銀柱，
焦急地顧盼。
冷杉像往常一樣，
陰鬱悲哀地佇望，
而在堅冰和僵死的長石之間
倏忽閃現亮光——
我見過這亮光，它使我想起——

死者的眼睛

回光一閃，
當他的孩子滿懷憂傷
擁吻屍骸；
他僵死的眼睛
回光一閃，
射出熾熱的火焰：「孩子！
孩子呵，你知道，我愛你！」──

於是，一切都燒紅了──
冰峰、溪流和冷杉──
它們的眼神重複著：
「我們愛你！
孩子呵，你知道，我們愛你、愛你！」──

而他，
男孩睜著疲倦的、熱切的眼睛，
他滿懷憂傷地吻它們，熱烈地吻了又吻，
依依不肯離去；
從他的嘴唇
吐出的話語細如輕絲，
那不祥的話語：
「我的問候就是告別，
我的到來就是消逝，
我年紀輕輕正在死去。」

萬物都在傾聽，
沒有一絲呼吸；

鳥兒不再鳴啼。
山峰瑟縮顫慄，
猶如寒光一束。
萬物都在沉思——
和靜默——

正午
正午的驕陽
剛剛升上山岡，
男孩睜著疲倦的、熱切的眼睛。

Um Mittag, wenn zuerst
Der Sommer ins Gebirge steigt,
Der Knabe mit den müden, heißen Augen:

Da spricht er auch,
Doch *sehen* wir sein Sprechen nur.
Sein Atem quillt, wie eines Kranken Atem quilt
In Fieber-Nacht.
Es geben Eisgebirg und Tann und Quell
Ihm Antwort auch,
Doch *sehen* wir die Antwort nur.
Denn schneller springt vom fels herab
Der Sturzbach wie zum Gruß
Und steht, als weiße Säule zitternd,
Sehnsüchtig da.
Und dunkler noch und treuer blickt die Tanne,

Als sonst sie blickt,

Und zwischen Eis und totem Graugestein

Bricht plötzlich Leuchten aus—

Solch Leuchten sah sah ich schon: das deutet mir's—

Auch toten Mannes Auge

Wird wohl noch *ein*mal licht,

Wenn harmvoll ihn sein Kind

Umschlingt und hält und küßt:

Noch *ein*mal quillt da wohl zurück

Des Lichtes Flamme, glühend spricht

Das tote Auge: "Kind!

Ach Kind, du weißt, ich liebe dich!"

Und glühend redet alles — Eisgebirg

Und Bach und Tann—

Mit Blicken hier dasselbe Wort:

"Wir liebendich!

Ach Kind, du weißt, wir lieben, lieben dich!"

Und er,

Der Knabe mit den müden, heißen Augen,

Er küßt sie harmvoll,

Inbrünstger stets,

Und will nicht gehn;

Er bläst sein Wort wie Schleier nur

Von seinem Mund,

Sein schlimmes Wort:
"Mein Gruß ist Abschied,
Mein Kommen Gehen,
Ich sterbe jung."

Da horcht es rings
Und atmet kaum:
Kein Vogel singt.
Da überläuft
Es schaudernd, wie
Ein Glitzern, das Gebirg.
Da denkt es rings —
Und schweigt —

Um Mittag war's
Um Mittag, wenn zuerst
Der Sommer ins Gebirge steigt,
Der Knabe mit den müden, heißen Augen.

秋

秋天到了，令人心碎！
飛遁！飛遁！──
太陽悄悄移向山嶺，
上升呵上升
一步一停頓。

世界何其凋零！
在繃緊欲斷的弦上
風兒彈奏它的歌。
向逸逃的希望──
嗚咽悲吟。

秋天到了，令人心碎！
飛遁！飛遁！──
樹上的果實呵，
你可在顫抖、墜下？
黑夜
告訴你一個怎樣的祕密，
把寒栗罩在你的面頰，
那緋紅的面頰？──

你不肯回答？

誰在說話？——

秋天到了，令人心碎！
飛遁！飛遁！——
「我並不美麗，」
說話的是星形花，
但我愛戀人類，
但我寬慰人類——
願他們現在還能欣賞花兒，
向我折腰，
唉！把我採摘——
然後在他們眼中會點亮
那回憶，
對比我更美的花朵的回憶：——
——我看著，看著——就此死去。」——

秋天到了，令人心碎！
飛遁！飛遁！

人呵，傾聽
O Mensch! Gib acht

人呵，傾聽！
傾聽深邃午夜的聲音：
「我睡了，我睡了——，
我從深邃的夢裡甦醒：——
世界是深沉的，
比白天想像的深沉。
它的痛苦是深沉的——
而快樂比憂傷更深：
痛苦說：走開！
但一切快樂都要求永恆——，
——要求深邃的、深邃的永恆！」

O Mensch! Gib acht!
Was spricht die tiefe Mitternacht?
"Ich schlief, ich schlief —,
Aus tiefem Traum bin ich erwacht: —
Die Welt ist tief,
Und tiefer als der Tag gedacht.
Tief ist ihr Weh—,
Lust — tiefer noch als Herzeleid:
Weh spricht: Vergeh!

Doch alle Lust will Ewigkeit —,
Will tiefe, tiefe Ewigkeit!"

致友誼
An die Freundschaft

你神聖的，友誼！
我的最高希望的第一線晨曦！
呵，在我面前
仄徑和黑夜彷彿無休無止，
全部的人生
似乎荒謬而又可憎！
但我願再一次降生，
當我在你的眼中
看到曙光和勝利，
你最親愛的女神！

Heil dir, Freundschaft!
Meiner höchsten Hoffnung
Erste Morgenröte!
Ach, ohn Ende
Schien oft Pfad und Nacht mir,
Alles Leben
Ziellos und verhaßt!
Zweimal will ich leben,
Nun ich schau in deiner Augen
Morgenglanz und Sieg,
Du liebste Göttin!

斯塔格里諾*的神聖廣場

哦，少女，替小羊輕輕地
梳理著柔毛的少女，
清澈澄淨的眸子裡
燃著一對小火花的少女，
你是逗人喜愛的小東西，
你是人人寵愛的寶貝，
心兒多麼虔誠多麼甜蜜，
最親愛的！

為何早早扯掉了項鍊？
可曾有人傷了你的心？
是你把誰懷戀，
他卻對你薄情？——
你緘默——但是那淚水
依依垂在你柔美的眼角邊——
你緘默——寧為相思而憔悴，
最親愛的！

———————

*斯塔格里諾（Staglieno）為義大利熱那亞市內一地名。

「天使號」小雙桅船
Die kleine Brigg, genannt, "das Engelchen"

人人叫我小天使——
現在是只船，往後是姑娘，
哎，永遠永遠是姑娘！
我那精巧小舵盤
為愛情轉得多歡暢。

人人叫我小天使——
一百面小旗為我化妝，
英俊絕頂的小船長
站在艙前多神氣，活像第一百零一面小旗飄揚。

人人叫我小天使——
哪裡為我點燃火光，
我就駛向哪裡，像只小羊，
急急忙忙把路趕：
我從來是這麼一隻小羊。
人人叫我小天使——
信不信由你，像只小狗，
我會吠會叫會汪汪，
口噴火焰和蒸汽，
哎，我的櫻桃小嘴是魔王！

人人叫我小天使——
說話刻毒又顛狂，
嚇壞了我的小情郎，
逃之夭夭無消息，
真的，他為我的惡言把命喪！

人人叫我小天使——
觸礁從來不沉舟，
一根肋骨未碰傷，
可愛靈魂會禳災！
真的，就靠那根肋骨把災禳！

人人叫我小天使——
靈魂像只小貓咪，
一，二，三，四，五，
三跳兩跳上了船——
真的，它跳舞敏捷又輕颺。

人人叫我小天使——
現在是只船，往後是姑娘，
哎，永遠永遠是姑娘！
我那精巧小舵盤
為愛情轉得多歡暢。

Engelchen: so nennt man mich —
Jetzt ein Schiff, dereinst ein Mädchen,
Ach, noch immer sehr ein Mädchen!

Denn es dreht um Liebe sich
Stets mein feines Steuerrädchen.

Engelchen: so nennt man mich —
Bin geschmückt mit hundert Fähnchen,
Und das schönste Kapitänchen
Bläht an meinem Steuer sich,
Als das hunderterste Fähnchen.

Engelchen: so nennt man mich —
Überallhin, wo ein Flämmchen,
Für mich glüht, lauf ich, ein Lämmchen,
Meinen Weg sehnsüchtiglich:
Immer war ich solch ein Lämmchen.

Engelchen: so nennt man mich—
Glaubt ihr wohl, daß wie ein Hündchen
Belln ich kann und daß mein Mündchen
Dampf und Feuer wirft um sich?
Ach, des Teufels ist mein Mündchen!

Engelchen: so nennt man mich—
Sprach ein bitterböses Wörtchen
Einst, daß schnell zum letzten Örtchen
Mein Geliebtester entwich:
Ja, er starb an diesem Wörtchen!

Engelchen: so nennt man mich—
Kaum gehört, sprang ich vom Klippchen
In den Grund und brach ein Rippchen,
Daß die liebe Seele wich:
Ja, sie wich durch dieses Rippchen!

Engelchen: so nennt man mich—
Meine Seele, wie ein Kätzchen,
Tat eins, zwei, drei, vier, fünf Sätzchen,
Schwang dann in dies Schiffchen sich—
Ja, sie hat geschwinde Tätzchen.

Engelchen: so nennt man mich—
Jetzt ein Schiff, dereinst ein Mädchen,
Ach, noch immer sehr ein Mädchen!
Denn es dreht um Liebe sich
Stets mein feines Steuerrädchen.

少女之歌

1
昨天，姑娘，我目明耳聰，
昨天我正當青春年華：──
今天我卻是老態龍鍾，
縱然有滿頭烏髮。

昨天我有一個思想──
一個思想？真是諷刺和嘲弄！
你們可曾有過一個思想？
感情早已捷足先登！

女人很少敢於思考；
這是古老智慧的精粹：
「女人只應尾隨，不應前導，
一旦思考，她就不再尾隨。」
除此之外，我對古老智慧一概不信，
像只跳蚤又叮又蹴！
「娘兒們很少開動腦筋，
動了腦筋，她變得全無用處！」

2
古老的傳統智慧

請接受我最優雅的敬禮！
如今我的嶄新的智慧
聽到了最新穎的真理！

昨天我的心聲一如既往；
今天卻聽到這般妙語：
「娘兒們誠然漂亮，
男人卻──更為有趣！」

「虔誠的，令人癡醉的，最親愛的」

我愛你，墓穴！
我愛你，大理石上的謊言！
你們叫我的靈魂發噱，
自由自在地嘲貶。
可今天——我佇立涕零，
任我的眼淚流淌
在你面前，你石頭中的倩影，
在你面前，你石頭上的哀章。

而且——無人需要知悉——
這倩影——我將她熱吻。
吻得這麼徹底：
何時起人竟然吻——聲音？
誰明白個中道理？
怎麼？我是墓碑上的醜伶！
因為，我承認，甚至
我還吻了冗長的碑銘。

在敵人中間
（根據一句吉普賽諺語）

那邊是絞架，這邊是繩索
和劊子手的紅鬍子，
人群團團圍住，眼光惡毒——
這於我的種族毫不新奇！
我經歷過一百回，
冷笑著朝你們罵詈：
徒勞，徒勞，把我吊起來！
死嗎？我不會死！

乞丐呵！你們終究要嫉妒，
為了你們從未得到的東西：
我誠然受苦，我誠然受苦——
可你們——你們要死，你們要死！
我死了一百回，
仍然是呼吸、光線和蒸汽——
徒勞，徒勞，把我吊起來！
死嗎？我不會死！

新哥倫布

女友！——哥倫布說——
不要再相信熱那亞人！
他始終凝望著碧波——
最遙遠的地方已使他迷魂！

現在最陌生的世界於我最珍貴！
熱那亞——是沉落了，消失了——
心，保持冷靜！手，緊握舵盤！
面前是大海——可陸地呢？——可陸地呢？

我們巍然屹立！
我們義無反顧！
看哪：在遠處迎候我們的
是死亡、榮譽和幸福！

幸福

幸福，哦幸福，你最美麗的獵物！
永遠可望而不可即，
永遠對明天說是而對今天說不——
你的獵人於你是否都太稚氣？
你其實可是罪惡的曲徑幽路，
一切罪惡中
最迷人的犯罪？

致理想

我愛誰像愛你那樣，迷人的幻影！
我把你招到我身旁，藏在我心中──此後
儼然我成了幻影，你有了血肉。
但因為我的眼睛桀驁不馴，
只習於觀看身外之物：
於是你始終是它永恆的「異己者」。
唉，這眼睛把我置於我自己之外！

獻給元月

你用火焰的槍
射碎了我心靈的冰塊，
它喧嘩著奔往
最高希望的大海：
愈益明朗而健康，
摯愛衝動中的自由境界：——
它如此把你頌揚，
最美麗的元月！

詞

我喜歡活生生的詞：
它多麼歡快地蹦跳而至，
乖乖地伸出脖子問候，
模樣兒可愛又憨厚，
有血有肉，呼呼喘氣，
爬向耳朵哪怕他是聾子，
蜷成一團，又撲翅欲飛，
——詞這樣來討人歡喜。

可是詞畢竟有一副嬌軀，
時而生病時而又痊癒。
若要保住它的小生命，
你須靈巧捕捉手腳輕輕，
切勿笨重地亂觸亂碰，
它甚至常常死於惡劣的眼神——
就地倒下，不成形狀，
奄奄一息，悲愴淒涼，
他的小小屍體慘然變樣，
聽任死神恣肆倡狂。

死去的詞是一件醜東西，
一個瘦骨嶙峋的咯吱——咯吱——咯吱。

呸，一切醜的手藝，
必死於自己的言語和詞！

絕望

我的心最不堪的是
與吐痰的傢伙相傍！
我已起跑，可跑向哪裡？
要不要縱身跳進波浪？

不斷地撮起一切臭嘴，
清漱著一切喉嚨，
不斷地濺汙牆壁和地板——
可詛咒的唾液質靈魂！

我寧願因陋就簡
像鳥兒一樣居住在屋頂，
我寧願與賊匪比肩，
在雞鳴狗盜之輩中生存！

詛咒教養，只要它咳唾！
詛咒成打的德行！
最純粹的靈性不能忍受
臭嘴吐出的黃金。

致哈菲茲*
（祝酒詞，一個飲水者的問題）

你為自己建的酒樓
大於任何廳館，
你在樓中釀的美酒
全世界喝不完。
那從前的不死之鳥
客居在你家裡，
那生育山峰的神鼠
活像是你自己！
你是全和無，是酒樓和美醇，
是鳳凰、山峰和神鼠，
永遠向你自己潛沉，
永遠從你自己飛出──
是一切高度的下墜，
是一切深度的洩漏，
是一切醉者的沉醉
──何必、何必你自己飲酒？

---

*哈菲茲（Hafez，1352-1389），波斯著名詩人，以歌頌愛情和美酒的抒情詩見長。

在朋友中
（一個尾聲）*

1

一同沉默很好，
更好的是一同歡笑，——
頭頂著絲綢般的天空，
身下是苔鮮和書本，
和朋友一同開懷大笑，
還露出白齒皓皓。

我幹得漂亮，我們就願沉默；
我幹得糟糕——我們就想笑，
而且幹得越來越糟糕，
幹得一團糟，笑得一團糟，
最後朝墳墓裡一跳。
朋友！是的：可應當如此這般？
阿門！明兒見！

2

不要原諒！不要寬恕！
請把心靈的自由和歡呼
給這本愚蠢的書，
給它耳朵和心，給它住處！

相信我，朋友，我的愚魯
不會使我受罰吃苦！

我尋什麼，我找什麼——
一本書裡能有什麼？
向我身上的傻瓜致敬！
向這本傻瓜的書學習
理性如何臻於「冷靜」！

朋友，可應當如此這般？
阿門！明兒見！

---

*該詩是尼采在完成《人性的，太人性的》第一卷（1878）之後寫下的感想。

孤獨
Vereinsamt

烏鴉叫喊著，
成群結隊地飛往城鎮：
眼看要下雪了——
有家可歸是多麼幸運！

現在你木然站立，
反顧來程，啊，路途漫漫！
你這傻瓜何必
在入冬前向世界——逃難？

世界是一座門戶，
緘默冷峭地通往無邊荒沙！
誰一旦失去
你所失去的，就永遠不能停下。

現在你黯然站立，
詛咒著冬日的飄流，
像一縷青煙
把寒冷的天空尋求。

鳥兒飛吧，

在沙漠上嘎嘎唱你的歌子！——
你這傻瓜
快把流血的心藏進堅冰和諷刺！

烏鴉叫喊著，
成群結隊地飛往城鎮：
——眼看要下雪了，
無家可歸是多麼不幸！

Die Krähen schrein
Und ziehen schwirren Flugs zur Stadt:
Bald wird es schnein—
Wohl dem, der jetzt noch—Heimat hat!

Nun stehst du starr,
Schaust rückwärts ach! wie lange schon!
Was bist du Narr
Vor Winters in die Welt entflohn?

Die Welt—ein Tor
Zu tausend Wüsten stumm und kalt!
Wer das verlor,
Was du verlorst, macht nirgends halt.

Nun stehst du bleich,
Zur Winter-Wanderschaft verflucht,
Dem Rauche gleich,

Der stets nach kältern Himmeln sucht.

Flieg, Vogel, schnarr
Dein Lied im Wüsten—Vogel—Ton!—
Versteck, du Narr,
Dein blutend Herz in Eis und Hohn!

Die Krähen schrein
Und ziehen schwirren Flugs zur Stadt:
—bald wird es schnein,
Weh dem, der keine Heimat hat!

答覆

上帝真可憐！
它以為我是戀戀不捨
德意志的溫暖，
沉悶的德意志天倫之樂！

我的朋友，我之所以
滯留在這裡，是為了你的理解，
為了同情你！
為了同情德意志的誤解！

致華格納*

你不安的渴望自由的靈魂，
對任何鎖鏈都不能容忍，
不斷得勝卻倍受束縛，
越來越厭倦卻更加貪心不足，
直到你把每種香膏的毒汁吸吮——
可悲呵！連你也在十字架旁下沉，
連你！連你——也終於被征服！

我面對這一幕劇佇立良久，
這裡有監獄，有悲傷、怨恨和墓穴，
還有教堂的香煙在其間繚繞，
我感到陌生、恐怖而煩憂，
跳起來扔掉傻瓜的便帽，
疾步逃走！

---

*華格納（Richard Wagner，1813-1883），德國作曲家、音樂戲劇家、藝術理論家，
畢生致力於歌劇的革新。尼采一度成為他的摯友，後來決裂。

作為貞節之信徒的華格納

這是德國的嗎？
這緊張的尖叫出自德國的心臟？
這自我摧殘發生在德國的軀體上？
是德國的嗎，這牧師攤開的手掌？
這香煙繚繞的官能激蕩？
是德國的嗎，這墜落、停頓、踉蹌？
這甜蜜的叮噹搖晃？
這修女的偷窺，這彌撒的敲鐘，
這整個誤人迷醉的天堂和超天堂？……

這是德國的嗎？
留神！你們還站在小門旁……
因為你們聽見的是羅馬——不見文字的羅馬信仰！

南方的音樂

我的鷹替我瞭望到的，
如今都屬於我——
莫非種種的希望已經破曉，
——你的聲音之箭射中我了，
耳朵和心靈的福樂，
似甘露從蒼穹降落。

哦，不要躊躇，向著南方，
向著幸福島，向著嬉戲的希臘女妖，
鼓起船兒熾烈的欲望——
船兒豈能找到更美麗的目標！

雷聲在天邊隆隆低吼

雷聲在天邊隆隆低吼，
淫雨滴滴答答：
學究一早就喋喋不休，
無計堵他嘴巴。
白晝剛剛向我窗戶斜瞟，
便傳來祈禱聲聲！
沒完沒了地嘮叨說教，
豈是萬物皆虛榮！

白晝靜息了
Der Tag klingt ab

白晝靜息了，幸福和光明也靜息了，
正午已在遠方。
還要多久，迎來那月、星、風、霜？
現在我不必久久踟躕了，
它們已經從樹上透出果實的清香。

Der Tag klingt ab, es gibt sich Glück und Licht,
Mittag ist ferne.
Wie lange noch? Dann kommen Mond und Sterne
Und Wind und Reif: nun säum ich länger nicht,
Der Frucht gleich, die ein Hauch vom Baume bricht.

自高山上

呵，生命的正午！莊嚴的時辰！
呵，夏日的花園！
懷著焦躁的幸福佇立、等待、望眼欲穿——
我日夜守候著朋友們，
你們在何處？來吧！今宵今晨！

豈非為了你們，灰色的冰河上
今日玫瑰綻紅？
溪流把你們尋訪，風起雲湧
爭相騰上藍色的蒼茫，從飛鳥望遠處把你們瞭望。

我在九重天擺下瓊筵——
誰住得離星光
這樣近，誰身在深淵最縹緲的遠方？
我的王國——誰的幅員比它更寬？
我的蜂蜜——誰品嘗過如此美饌？

——你們在這裡，朋友！——唉，可我不是
你們的意中人？
你們躊躇，驚愕——呵，你們不如怨恨！
我——不再是？混淆了面孔、腳步、手勢？
那麼你們看我是什麼——我不是？

我是另一個人？連我自己也陌生？
我自己的逃犯？
一個時常征服自己的角鬥士？
時常同一種力量抗衡，
被勝利傷害和阻梗？

我要把寒風最凜冽的地方尋找？
我要學會居住
在荒無人煙的地帶，與白熊為伍，
忘掉人和上帝，詛咒和祈禱？
變成一個幽靈在冰河上飄？

──昔日的朋友！看哪！現在你們黯然神傷，
滿懷愛和驚怕！
不，走吧！別發怒！你們不能在這裡安家：
在最遙遠的冰和岩石的國度拓荒──
人必須是獵手，又靈巧如羚羊。

我是一個劣等獵手！──看哪，我的弓
繃得何其陡直！
這樣的臂力天下無敵──
遭殃了！這支箭多麼兇險，
就像沒有箭，──射呵，射向你們的安寧……

你們轉過身去？──心呵，你受盡欺凌，
你的希望依然頑強。
把你的門向新朋友開放！

丟開回憶！丟開舊朋！
你曾經年輕，現在——你勝於年輕！

那曾經連結我們的希望紐帶——
誰翻閱這
愛情寫下的標記，如今已褪色？
猶如羊皮紙年久脆敗，
手指一觸即毀壞。

不再是朋友，僅僅是——何以名之？——
朋友之鬼影！
它深夜叩擊著心房和窗櫺，
諦視著我逼問：「我們的名字？」
——唉，一個散發過玫瑰芳香的枯萎的詞！

唉，想入非非的青春憑眺！
我渴望的人，
我引為同道和變化者的人，
他們老了，鬼迷了心竅：
唯有自我變化者才是我的同道。

呵，生命的正午！第二回青春！
呵，夏日的花園！
懷著焦躁的幸福佇立、等待、望眼欲穿——
我日夜守候著朋友們，嶄新的朋友！來吧！今宵今晨！

這支歌是渴望的甜蜜呼聲

止息在唇間：
一位魔術師使朋友適時出現，
那正午的朋友——不！別問那是誰——
正午時分，有人結伴而行……

我們歡慶必定來臨的共同勝利，
這節日中的節日。
朋友查拉圖斯特拉來了，這客人中的客人！
現在世界笑了，可怕的帷幕已扯去，
光明與黑暗舉行了婚禮……

我佇立橋頭
An der Brücke stand

我佇立橋頭
不久前在褐色的夜裡，
遠處飄來歌聲：
金色的雨滴
在顫動的水面上濺湧。
遊艇，燈光，音樂——
醉醺醺地遊蕩在朦朧中……

我的心弦
被無形地撥動了，
悄悄彈奏一支貢多拉*船歌，
顫慄在絢麗的歡樂前。
——你們可有誰聽見？……

An der Brücke stand
jüngst ich in brauner Nacht.
Fernher kam Gesang;
goldener Tropfen quoll's
über die zitternde Fläche weg.
Gondeln, Lichter, Musik—
trunken schwamm's in die Dämmrung hinaus…

Meine Seele, ein Saitenspiel,
sang sich, unsichtbar berührt,
heimlich ein Gondellied dazu,
zitternd vor bunter Seligkeit.
—Hörte jemand ihr zu?

---

*貢多拉，威尼斯小遊艇，帶有鳥頭形船首和船尾。

格言詩

（一八六九～一八八八）

思想的遊戲

思想的遊戲，你的導遊
是一位嫵媚的少女：
呵，你使我何等賞心悅目！
——可悲，我看見了什麼？
導遊卸下面具和面紗，
在隊伍的最前頭
穩步走著猙獰的必然。

題《人性的，太人性的》

1

自從我孕育這本書，我就受著渴念和羞恥的折磨，
直到它向你盛開瑰麗的花朵。
現在我嘗到了追隨那偉大者的幸福，
當他欣喜於自己金色的收穫。

2

遠離了索倫多*的芳馨？
只有荒蕪清涼的山景？
沒有重陽的溫暖，沒有愛情？
那麼書中只有我的一部分：
我把更好的一部分呈獻給了她們，
我的醫生——女友和母親。

3

女友！他竟敢奪走你對十字架的信仰，
贈你這本書：可他自己又用這書做成了一個十字架。

---

*索倫多，義大利地名，那不勒斯海灣一城市。

我的門聯

我住在自己的屋子裡
從未摹仿他人做事，
而且——嘲笑每一個
不曾自嘲的大師。

松和閃電
Pinie und Blitz

我的生長超越了人和獸。
我言說——無人答酬。

我長得太孤獨太高大了——
我等待著：我等待誰呢？

雲的天國在我身邊，——
我等待最早的閃電。

Hoch wuchs ich über Mensch und Tier;
Und sprech ich—niemand spricht mit mir.

Zu einsam wuchs ich und zu hoch—
Ich warte: worauf wart ich doch?

Zu nah ist mir der Wolken Sitz,—
Ich warte auf den ersten Blitz.

秋日的樹

你們這些蠢貨幹嗎把我搖撼，
當我沉醉在幸福的盲目之中：
從未有更大的恐怖把我震顫，
——我的夢，我的金色的夢已不見影蹤！

你們這些長著像鼻子的饞鬼，
難道人家不曾客氣地讓輕點兒、輕點兒拍？
我嚇得趕緊扔下一碟碟
金色的果實——朝你們腦袋！

《漂泊者和他的影子》 *
（一本書）
"Der Wanderer und sein Schatten"
Ein Buch

不再返回？也不升登？
羚羊豈非亦無路程？

我就在此守候並且捕獵
眼睛和手夠得著的一切！

五足寬的大地，曙光，
在我一下面的是——世界、人和死亡！

Nicht mehr zurück? Und nicht hinan?
Auch für die Gemse keine Bahn?

So wart ich hier und fasse fest,
Was Aug und Hand mich fassen läßt!

Fünf Fuß breit Erde, Morgenrot,
Und *unter* mir— Welt, Mensch und Tod!

---

* 《漂泊者和他的影子》，尼采一八八〇年出版的作品，為《人性的，太人性的》
　第二卷之一部分。

《快樂的科學》 *

這不是書，可以並陳於眾書，
並陳於棺材和殮布！
書的獵獲品是昨天，
這裡面卻活著一個永恆的今天。

這不是書，可以並陳於眾書，
可以並陳於棺材和殮布！
這是一個意願，這是一種許諾，
這是一次最後的橋樑爆破，
這是一陣海風，一隻錨的閃光，
一片車輪滾滾，一把舵對準航向；
炮火冒白煙，重炮在吼叫，
巨怪──大海在朗笑！

---

* 《快樂的科學》，尼采於一八八二年出版的著作。

物以類聚

與丑角在一起好開玩笑：
想搔癢的人容易癢癢。

第歐根尼*的桶

「糞便價廉物美，幸福無價可估，
所以我不坐黃金而坐我的尾骨。」

---

*第歐根尼（約西元前 404-323），古希臘犬儒學派哲學家，用一整套因陋就簡的生
活方式宣傳輕視文明、回到自然狀態去的主張。

生命的定律
Lebensregeln

1
要真正體驗生命，
你必須站在生命之上！
為此要學會向高處攀登！
為此要學會——俯視下方！

2
本能借助審慎
使最高貴者高貴：
用一克自尊
製成一千克愛。

Das Leben gern zu leben,
Mußt du darüberstehn!
Drum lerne dich erheben!
Drum lerne—abwärts sehn!

Den edelsten der Triebe
Veredle mit Bedachtung:
Zu jedem Kilo Liebe
Nimm ein Gran Selbstverachtung.

誰終將聲震人間
Wer viel einst zu verkünden hat

誰終將聲震人間，
必長久深自緘默；
誰終將點燃閃電，
必長久如雲漂泊。

Wer viel einst zu verkünden hat,
Schweigt viel in sich hinein:
Wer einst den Blitz zu zünden hat,
Muß lange —Wolke sein.

當心：有毒！

在這裡誰不會笑，他就不該讀，
因為他不笑，「魔鬼」就把他抓住。

隱居者的話
Der Einsiedler spricht

擁有思想？好極了！這使我成為主人，
至於製造思想——我對此隔膜得很！
誰製造思想——他就被思想擁有，
可我絕不願意躬身伺候。

Gedanken *haben*? Gut! sie wollen mich zum Herrn.
Doch sich Gedanken *machen* — das verlernt ich gern!
Wer sich Gedanken macht— den haben sie,
Und dienen will ich nun und nie.

一切永恆的泉源
Alle ewigen Quell-Bronnen

一切永恆的泉源
永遠噴湧上升
上帝自己——他可有一個開端？
上帝自己——他是否不斷新生？

Alle ewigen Quell-Bronnen
Quellen ewig hinan:
Gott selbst — hat er je begonnen?
Gott selbst — fängt er immer an?

決定
Entschluß

要有智慧，因為這使我喜悅，
而不是為了沽名釣譽。
我讚美上帝，因為上帝造世界
造得何其昏愚。

而當我走我自己的路
走得何其彎曲——
於是智者為之起步，
傻瓜卻——為之止步。

Will weise sein, weil's *mir* gefällt,
Und nicht auf fremden Ruf.
Ich lobe Gott, weil Gott die Welt
So dumm als möglich schuf.

Und wenn ich selber meine Bahn
So krumm als möglich lauf —
Der Weiseste fing damit an,
Der Narr — hört damit auf.

一位女子害羞地問我
Der Halkyonier

一位女子害羞地問我
在一片曙色裡：
「你不喝酒已經飄飄然了，
喝醉酒更當如何顛癡？」

So sprach ein Weib voll Schüchternheit
Zu mir im Morgenschein:
"Bist schon du selig vor Nüchternheit,
Wie selig wirst du— trunken sein!"

七句女人的小警句

多麼漫長的時辰逃跑了，一個男人才慢吞吞走向我們。

年齡——唉，還有科學——也給了微弱的德行以力量。

黑衣和沉默適合於每個女人——她得聰明才懂。

我在幸福時感謝誰？上帝！——以及我的女裁縫。

年輕時是鮮花盛開的洞穴。年老時從裡面竄出一隻雌老虎。

芳名美腿，引來男人：噢，他是我的！

言簡意賅——使母驢打滑的薄冰！

新約

這是神聖的祈禱書、
福音書和苦難書？
——可是上帝的通姦
聳立在它的入口處！

從前我曾經相信

從前我曾經相信，在那極樂的年華，
是女巫在宣說神諭，把特別的酒喝下：
「唉，現在它斜著身子走了！
沉淪！沉淪！世界從未這麼徹底地崩塌！
羅馬塌陷為野雞和妓院，
羅馬皇帝塌陷為畜牲，上帝自己——變成了猶大！」

睡衣一瞥

儘管有寬大的服裝，
德國人仍把理智尋訪，
可悲呵，一旦嫻熟於此！
從此裹在緊身衣中，
他向他的裁縫，
向他的俾斯麥轉讓了──理智！

致斯賓諾莎*

傾心於「全中之一」，
對上帝的愛幸運地出於理智──
出於鞋子！三倍神聖的大地！──
──然而在這愛背後
有復仇的暗火在閃爍，在吞噬，
猶太人的仇恨吞噬猶太人的上帝……
隱居者！我和你──似曾相識？

---

*致斯賓諾莎（1632-1677），荷蘭哲學家，泛神論者。

致達爾文的信徒

德國人，這些英國佬的
平庸的智力
你們也稱作「哲學」？
把達爾文與歌德並提
意味著：褻瀆尊嚴——
天才的尊嚴！

保佑你們

保佑你們，正派的小商販，
日子越過越乖順，
頭腦和膝蓋越來越僵硬，
不詼諧也不興奮，
留有餘地，恪守中庸，
沒有天分也沒有靈魂！

叔本華*
Arthur Schopenhauer

他的學説已經過時，
他的生命將依然挺立：
這只是因為——
他不曾向任何人屈膝！

Was er lehrte, ist abgetan;
Was er lebte, wird bleiben stahn:
Seht ihn nur an—
Niemandem war er untertan!

---

*叔本華（1788-1860）德國哲學家，尼采深受其思想影響，後來又對其思想展開猛
　烈批評。

羅馬的歎息

只有德意志，沒有「條意志」*！如今德意志
氣概這樣要求。
只要碰上「蠻子」，它就總是如此強硬！

---

*「條意志」：teutsch，由「德意志」（deutsch）與「條頓」（teuton）二詞拆合而成。
　該詩諷刺俾斯麥所推行的德國民族沙文主義政策。

「真正的德國」

「呵，最卓越的偽君子民族，
我仍然忠於你，一定！」
——他說畢以最快的腳步
向國際都市挺進。

每個駝背更厲害地蜷縮

每個駝背更厲害地蜷縮，
每個基督徒忙於骯髒的猶太人式交易，
法國人變得更加深刻，
德國人卻——日益淺薄。

謎

替我解一個謎，謎底是一個詞：
「當男人把它揭穿，女人就把它編織——」

給假朋友

你偷竊，你的眼珠渾濁——
你僅僅偷竊一個思想嗎？——不，
誰也不許如此無禮地適度！
乾脆把這一把也拿去——
乾脆拿走我的全部——
然後去啃食乾淨，你這髒豬！

勇敢些，約里克朋友*

勇敢些，約里克朋友！
假如你的思想折磨你，
像現在這副勁頭，
就別稱它為——「神」！差得遠哩，
它不過是你自己的孩子，
你的血和肉，
使你煩惱不已的東西
原是你那不聽話的小鬼頭！
——看哪，鞭子把他一頓抽！

約里克朋友，快扔掉陰鬱的哲學，
我要在你耳旁
說一句悄悄話，
告訴你一個祕方——
（這是我對付此種鬱悶的辦法：）
「誰愛他的『神』，誰就管教他。」

---

*約里克，莎士比亞名劇《哈姆雷特》中國王的小丑，哈姆雷特在墓地對著他的骷
髏頭發表了一通悲觀的議論。

獻給一切創造者

那不可分割的世界
賦予我們存在！
那永恆的陽剛之氣
把我們聯成一體！

波浪不停地翻捲

波浪不停地翻捲
黑夜對白日一往情深──
動聽地唱著「我願」，
更動聽地唱著「我能」！

「不，多麼古怪……」

「不，多麼古怪！像一切傻瓜！」
——我突然耳聞一片喧嘩——
「當心腦袋！」帽子已經飛掉！
詩人蹦跳，眾神怒罵，
絆腳的石頭，碎裂的鼻甲——
嘿，配合得真好！——實在好！

結束語

笑是一種嚴肅的藝術：
明天我應當更加嫻熟，
告訴我，今天我做得可好？
火花是否接連從心靈冒出？
逗樂不宜使用頭顱，
熱情不在心中燃燒。

「玩笑、詭計和復仇」
──《快樂的科學》
序詩

（一八八二）

邀請

朋友，大膽品嘗我的菜肴！
明天你們就會覺得味道更好，
而後天會更中意！
要是你們吃了還想吃，——那麼
我的一點老花樣
就為我鼓起了一點新勇氣。

我的幸運
Mein Glück

自從我厭倦了尋找，
我就學會了找到。
自從我頂了一回風，
我就處處一帆風順。

Seit ich des Suchens müde ward,
Erlernte ich das Finden.
Seit mir ein Wind hielt Widerpart,
Segl' ich mit allen Winden.

勇往直前
Unverzagt

你站在何處，你就深深地挖掘！
下面就是清泉！
讓愚昧的傢伙去怨嗟：
「最下面是──地獄！」

Wo du stehst, grab tief hinein!
Drunten ist die Quelle!
Laß die dunklen Männer schrein:
"Stets ist drunten ─ Hölle!"

對話

甲：我病了？現在好了？
誰是我的醫生呢？
我把這一切都忘得精光！
乙：現在我才相信你好了：
因為誰遺忘，誰就健康。

致有德者

我們的道德也要有輕盈的步履：
它應像荷馬的詩那樣翩翩來去！

世界的智慧
Welt-Klugheit

不要停在平野！
不要登上高山！
從半山上看
世界顯得最美。

Bleib nicht auf ebnem Feld!
Steig nicht zu hoch hinaus!
Am schönsten sieht die Welt
Von halber Höhe aus.

跟隨我——跟隨你自己

我的言行吸引了你，
你就跟隨我，聽從我？
只消忠實地聽從你自己——
那麼你就跟隨了我——從容不迫！

第三次蛻皮

皺縮乾裂了，我的皮膚，
我心中的蛇
已經吞下這麼多的泥土，
仍然焦躁饑渴。
我在亂石和草叢裡爬行，
餓著肚子，逶迤匍匐，
尋覓我一向用來果腹的——
你，蛇的食物，你，泥土！

我的玫瑰

當然！我的幸福——願使人受惠，
一切幸福當然願使人受惠！
你們想採摘我的玫瑰？

你們得彎腰屈背
躲藏在石堆和棘籬間，
久久地饞涎滴垂！

因為我的幸福——喜歡嘲詼！
因為我的幸福——喜歡譎詭！
你們想採摘我的玫瑰？

蔑視者

我打翻許多罎罎罐罐，
所以你們稱我為蔑視者。
誰從滿溢的酒杯痛飲，
誰就會常常打翻罎罎罐罐——
就會覺得酒並不太壞。

「玩笑、詭計和復仇」

格言的自白

尖刻而溫柔，粗略而精微，
通俗而奇特，汙濁而純粹，
傻瓜與智者的幽會：
我是這一切，我願同時做——
鴿子、蛇和豬玀！

156

致一位光明之友

如果你不想使眼睛和頭腦疲勞，
那就要在陰影中向太陽奔跑！

給跳舞者

平滑的冰
是善舞者的
一座樂園。

老實人
Der Brave

整塊木頭製成的敵意
勝過膠合起來的友誼！

Lieber aus ganzem Holz eine Feindschaft
Als eine geleimte Freundschaft!

銹
Rost

銹也很必要：單單鋒利還不行！
人們會喋喋不休：「他還太年輕！」

Auch Rost tut not: Scharfsein ist nicht genung!
Sonst sagt man stets von dir: "er ist zu jung!"

向上

「我怎樣才能最順當地上山？」——
別去思忖，只顧登攀！

強者的格言

別理會！讓他們去唏噓！
奪取吧，我請你只管奪取！

狹窄的心靈
Schmale Seelen

狹窄的心靈使我厭惡：
其中沒有善，甚至也沒有惡。

Schmale Seelen sind mir verhaßt:
Da steht nichts Gutes, nichts Böses fast.

非自願的引誘者
Der unfreiwillige Verführer

他為了消磨時光而把一句空話
射向藍天——不料一個女人從空中掉下。

Er schoß ein leeres Wort zum Zeitvertreib
Ins Blaue— und doch fiel darob ein Weib.

權衡

雙份痛苦比單份痛苦
更容易忍受：你可願意一試？

反對狂妄

不要把自己吹得太大：
小針一刺就會使你爆炸。

男人和女人

「你鍾情的女人把你掠奪！」——
男人如此想；但女人並不驚奪，她偷。

解釋
Interpretation

倘若我解釋自己，我就欺騙自己：
我不能做自己的解釋人。
可是誰只在屬於他自己的路上攀登，
他也就負著我的形象向光明上升。

Leg ich mich aus, so leg ich mich hinein:
Ich kann nicht selbst mein Interprete sein.
Doch wer nur steigt auf seiner eignen Bahn,
Träge auch mein Bild zu hellerm Licht hinan.

給悲觀主義者的藥方

你抱怨説，你萬念俱灰？
朋友，老是這一套怪僻的想法？
我聽見你詛咒，哭鬧，唾沫噴灑——
真叫我煩躁，心碎。
跟我學，朋友！敢作敢為，
吞下一隻肥碩的蛤蟆，
迅速，不要細察！——
這能預防噁心反胃！

請求

我熟悉許多人的心扉，
卻不知道我自己是誰！
我的眼睛離我太近——
所以我總是看不見自己。
如果我能離自己遠些，
也許我對自己會更加有用。
儘管不是遠如我的敵人！
最親密的朋友已經離得太遠——
他和我之間畢竟有個中點！
你們可猜到我請求什麼？

我的堅強

我必須跨過千級臺階，
我必須向上；而我聽見你們讚歎：
「真堅強！莫非我們都是岩石出身？」——
我必須跨過千級臺階，可是誰願做石階一層。

漂泊者

「沒有路了！四周是深洲和死樣的沉寂！」——
這就是你要的！叫你想入非非！
現在好了，漂泊者！清醒地看看！
你失魂落魄，現在你相信了——危險。

對初學者的安慰

看啊，這嬰兒被一群咕咕叫的豬圍住，
蜷曲著腳趾，絕望無助！
一籌莫展，只會啼哭——
有朝一日他會站起來走路？
不要沮喪！很快，我期許，
你們就能看到這孩子跳舞！
他一旦用雙腿站住，
也將能蜻蜓倒豎。

星星的利己主義
Sternen-Egoismus

如果我不是圍繞著自己
不斷把滾圓的軀體旋轉，
我如何能堅持追趕太陽
而不毀於它的熊熊烈焰？

Rollt ich mich rundes Rollefaß
Nicht um mich selbst ohn Unterlaß,
Wie hielt ich's aus, ohne anzubrennen,
Der heißen Sonne nachzurennen?

鄰人
Der Nächste

我討厭鄰人守在我的身旁，
讓他去往高空和遠方！
否則他如何變成星辰向我閃光？

Nah hab den Nächsten ich nicht gerne:
Fort mit ihm in die Höh und Ferne!
Wie würd er sonst zu meinem Sterne?—

聖徒喬裝

為了我們不受你的賜福的壓抑，
你在你周圍佈置了魔鬼的把戲、
魔鬼的詼諧和魔鬼的服裝。
然而徒勞！從你的眸子裡
洩露了神聖的目光！

囚徒
Der Unfreie

甲：他停下來傾聽：什麼使他驚惶？
他聽見什麼在耳畔呼呼作響？
是什麼使他如此頹唐？
乙：誰曾經鎖鏈纏身，
誰就到處聽見——鎖鏈叮噹。

A. Er steht und horcht: was konnt ihn irren?
   Was hört er vor den Ohren schwirren?
   Was war's, das ihn darniederschlug?
B. Wie jeder, der einst Ketten trug,
   Hört überall er— Kettenklirren.

獨往獨來者
Der Einsame

我痛恨跟隨和指使。
服從嗎？不！但也不──統治！
原非兇神惡煞，不能使任何人害怕，
但只有使人害怕的人才能夠指使。
我尚且痛恨自己指使自己！
我喜歡像林中之鳥，海中之魚，
沉醉於一個美好的暫態，
在迷人的錯覺中幽居沉思，
終於從遠方招回家園，
把我自己引向──我自己。

Verhaßt ist mir das Folgen und das Fühern.
Gehorchen? Nein! Und aber nein─ Regieren!
Wer *sich* nicht schrecklich ist, macht niemand Schrecken.
Und nur wer Schrecken mocht, kann andre führen.
Verhaßt ist mir's schon, selber mich zu führen!
Ich liebe es, gleich Wald-und Meerestieren,
Mich für ein gutes Weilchen zu verlieren,
In holder Irrnis grüblerisch zu hocken,
Von ferne her mich endlich heimzulocken,
Mich selber zu mir selber─ zu verführen.

塞涅卡*之流

他寫呀寫，寫下許多
令人厭煩的聰明的胡話，
彷彿首先得寫，
然後才能開始哲學生涯。

---

*塞涅卡（西元 2-65 年），古羅馬斯多葛派哲學家，著作極多。

冰

不錯！有時我製造冰：
冰有益於消化！
要是你們吃得太飽，
消化不良，
呵，你們該多麼喜歡我的冰！

少年習作

我的智慧Ａ和Ｏ
曾在此歌唱：可是我聽到了什麼！
這聲音已不可追尋，
如今我能聽到的只是
我的青春的永恆的「啊」和「哦」。

謹慎
Vorsicht

在那個地區旅行如今很不太平；
你有精神，就得加倍小心！
人們引誘你，愛你，直到把你瓜分，
精靈蜂擁之地──始終缺少精神！

In jener Gegend reist man jetzt nicht gut;
Und hast du Geist, sei doppelt auf der Hut!
Man lockt und liebt dich, bis man dich zerreißt:
Schwarmgeister sind's ─: da fehlt es stets an Geist!

虔信者的話

上帝愛我們，因為是他把我們創造！——
「人創造了上帝！」——你們精明人說道。
那麼人豈不應當愛他之所造？
甚至因為是他所造而把它毀掉？
它跛行，它長著魔鬼的腳。

在夏日

汗流滿面時
我們是否應吃飯？
大汗不宜進食，
這是良醫的判斷。
天狼星眨眼：少了什麼？
它眨著火眼欲何求？
汗流滿面時
我們應當飲酒！

不嫉妒
Ohne Neid

是的，他不嫉妒：你們尊敬他的氣度？
他對你們的尊敬不屑一顧；
他有一雙遠矚的鷹的眼睛，
他不看你們！——他只看繁星，繁星！

Ja, neidlos blickt er: und ihr ehrt ihn drum?
Er blickt sich nicht nach euren Ehren um;
Er hat des Adlers Auge für die Ferne,
Er sieht euch nicht! — er sieht nur Sterne, Sterne!

「玩笑、詭計和復仇」

赫拉克利特*主義

一切人間的幸福，朋友，
都得自鬥爭！
是的，為了成為朋友，
須有硝煙滾滾！
朋友是這三位一體：
患難中的弟兄，
大敵當前的同志，
視死如歸的自由人！

---

*赫拉克利特（約西元前 530-470），古希臘哲學家，有豐富的辯證法思想，尼采視
為自己的思想先驅。

太精緻者的原則
Grundsatz der Allzufeinen

寧肯立於足尖，
勝過四肢並用！
寧肯穿過鎖眼，
勝於大門暢通！

Lieber auf den Zehen noch
Als auf allen vieren!
Lieber durch ein Schlüsselloch
Als durch offne Türen!

規勸

你一心嚮往榮譽？
那麼記取這一教訓：
要常常自由自在地放棄
世俗的名聲！

追根究底者

我是一個研究者？省下這個詞吧！——
我不過是太重了——有好多磅！
我不斷地落下，落下，
終於落到了根底上！

反正要來
Für immer

「我今天來，因為今天適逢其時」——
每個反正要來的人如此尋思。
輿論卻向他搬是弄非：
「你來得太早！你來得太遲！」

"Heut komm ich, weil mir's heute frommt"—
Denkt jeder, der für immer kommt.
Was ficht ihn an der Welt Gered:
"Du kommst zu früh! Du kommst zu spät!"

疲憊者的判斷

一切疲憊者都詛咒太陽，
認為樹的價值只在——蔭涼。

降落
Niedergang

「現在他降了，落了」──你們一再嘲笑；
真相是：他升上去向你們垂照！

他的過度的幸福是他的苦難，
他的滿溢的光明流向你們的黑暗。

"Er sinkt, er fällt jetzt"— höhnt ihr hin und wieder;
Die Wahrheit ist: er steigt zu euch hernieder!

Sein Überglück ward ihm zum Ungemach,
Sein Überlicht geht eurem Dunkel nach.

反對法則

今日起一隻懷錶繫著羊毛繩子
掛在我的脖子：
今日起日月星辰不動，
公雞不啼，樹蔭不見影蹤，
一向為我報時的東西
如今又啞又聾又瞎──
大自然一片沉寂，
唯有法則和鐘錶在滴答。

智者的話
Der Weise spricht

遠離眾生，也造福眾生，
我走著我的路，時而陽光燦爛，時而烏雲密佈——
卻始終在眾生的頭頂！

Dem Volke fremd und nützlich doch dem Volke,
Zieh ich des Weges, Sonne bald, bald Wolke—
Und immer über diesem Volke!

丟了腦袋

她現在有了靈魂——如何得到的？
一個男人最近為她丟了魂。
他的腦袋在這番消遣之前那麼博學：
如今卻奔向魔鬼——不！不！奔向女人！

虔誠的願望

「一切鑰匙都難免
突然失蹤，
但願在每一個鎖眼
將萬能鑰匙扭動！」
每一個萬能鑰匙式的人
一著急就這樣思忖。

用腳寫字

我不單單用手寫字，
腳也總想參與其事。
它堅定、靈巧、勇敢地賓士，
時而在田野，時而在白紙。

《人性的，太人性的》

回首往日，你憂傷困窘，
憧憬未來，你滿懷自信：
鳥兒呵，我該把你算作鷹隼？
你可是密涅瓦*的寵兒貓頭鷹？

---

*密涅瓦，羅馬神話中的智慧女神，相當於希臘神話中的雅典娜，貓頭鷹是她的聖
鳥。

給我的讀者
Meinem Leser

一口好牙和一個強健的胃——
便是我對你的期待！
只要你受得了我的書，
我們就一定合得來！

Ein gut Gebiß und einen guten Magen—
Dies wünsch ich dir!
Und hast du erst mein Buch vertragen,
Verträgst du dich gewiß mit mir!

現實主義畫家

「完全忠實於自然！」──可他如何著手，
自然何嘗納入圖畫？
世界最小部分也是無限的！──
最後他畫他所喜歡的。
他喜歡什麼？便是他會畫的！

詩人的虛榮

只要給我膠水：因為我已找到
用來膠合的木條！
在四個無意義的韻腳裡
放進意義——豈不值得自豪！

挑剔的口味

假如讓我自由地挑選，
我就在天堂的正中間
挑一小塊地皮：
更好的是——在天堂的門前！

彎曲的鼻子

鼻子倔強地盯望
地面，鼻孔鼓脹——
所以你，無角的犀科，
我的驕傲的小人，總是朝前傾斜！
而這兩樣東西總是連在一起：
直的驕傲，彎的鼻子。

筆尖亂塗

筆尖亂塗真是地獄！
難道我註定要亂塗？──
我毅然抓起一桶墨水，
用滔滔的墨水疾書。
啊，浩浩蕩蕩，波瀾壯闊！
我幹得多麼漂亮，馬到功成！
雖然這作品仍有待解説──
究竟何為？誰讀我的鴻文？

更高的人

向上攀登的人——理應受讚揚！
然而他隨時都在下降！
遠離讚揚而生活的人
卻真正在天上。

懷疑論者的話

你生涯半度，
時針移動，你的心兒在顫慄！
它久久地徘徊踱步，
尋而未得——它在此猶疑？

你生涯半度：
唯有痛苦和謬誤，小時逼小時！
你究竟尋找什麼？何苦？——
我正尋找——根底的根底！

看哪，這人

是的！我知道我的淵源！
饑餓如同火焰
熾燃而耗盡了我自己。
我抓住的一切都化作光輝，
我放棄的一切都變成煤：
我必是火焰無疑！

星星的道德

命定要走上你的軌道。
星星呵，黑暗為何把你籠罩？

你的光輪幸福地穿越時間，
歲月的苦難於你隔膜而遙遠！

你的光輝屬於最遙遠的世界：
憐憫在你應是一種罪孽！

只有一個命令適用於你：純潔！

無冕王子之歌

（1887）

致歌德
An Goethe

不朽的東西
僅是你的譬喻！
麻煩的上帝
乃是詩人的騙局……

世界之輪常轉，
目標與時推移：
怨夫稱之為必然，
小丑稱之為遊戲……

世界之遊戲粗暴，
摻混存在與幻相——
永恆之丑角
又把我們摻進這渾湯！……

Das Unvergängliche
Ist nur dein Gleichnis!
Gott, der Verfängliche,
Ist Dichter-Erschleichnis…

Welt-Rad, das rollende,

Streift Ziel auf Ziel:
Not-nennt's der Grollende,
Der Narr nennt's-Spiel···

Welt-Spiel, das herrische
Mischt Sein und Schein: —
Das Ewig-Närrische
Mischt *uns*— hinein!···

詩人的天職

不久前，為了乘涼，
我坐在濃郁的樹蔭下，
聽見一種輕微而纖巧的聲響，
一板一眼地，滴答，滴答。
我生氣了，臉色陰沉——
但終於又讓步，
甚至像一個詩人，
自己也隨著滴答聲嘀咕。

當我詩興正高
音節一個跟著一個往外蹦，
突然憋不住大笑，
笑了整整一刻鐘。你是一個詩人？你是一個詩人？
你的頭腦出了毛病？
——「是的，先生，您是一個詩人，」
啄木鳥把肩一聳。

我在叢林裡期待何人？
我這強盜究竟把誰伏擊？
一句格言？一個形象？嗖的一聲
我的韻兒撲向她的背脊。
那稍縱即逝和活蹦亂跳的，詩人

當即一箭射落，收進詩中。
──「是的，先生，您是一個詩人，」
啄木鳥把肩一聳。

我是說，韻律可像箭矢？
當箭頭命中要害
射進遇難者嬌小的軀體，
她怎樣掙扎、顫動、震駭！
唉，她死了，可憐的小精靈，
或者醉漢似地跌跌衝衝。
──「是的，先生，您是一個詩人，」
啄木鳥把肩一聳。

歪歪扭扭的急就的短句，
醉醺醺的詞，如何擠擠攘攘！
直到它們列隊成序
掛在「滴答──滴答」的鏈條上。
現在烏合的暴民
高興了？而詩人卻──患了病？
──「是的，先生，您是一個詩人，」
啄木鳥把肩一聳。

鳥兒，你在傾聽？你想開玩笑？
我的頭腦既已一塌糊塗，
要是我的心情更加不妙？
驚恐吧，驚恐於我的憤怒！──
然而詩人──他在憤怒中

仍然拙劣而合式地編織詩韻。

——「是的，先生，您是一個詩人」

啄木鳥把肩一聳。

在南方

我懸躺在彎彎的樹枝上，
搖我的疲倦入眠。
一隻鳥兒邀請我作客，
我在它的巢裡靜歇休養。
我身在何處？呵，遙遠，遙遠！

白茫茫的大海靜靜安眠，
一葉紅帆在海面停泊。
岩石，無花果樹，尖塔和港灣，
一聲羊咩，舉目田園——
無邪的南方呵，請收下我！
按部就班——這不是生活，
老是齊步走未免德國氣和笨拙。
我願乘長風直上雲端，
學鳥兒共翔寥廓——
漂洋過海，飛向南國。

理性！討厭的日常活動！
太匆忙地把我們送到目的地！
在飛翔中我明白，過去我受了愚弄，——
我終於感到勇氣、熱血和活力
嚮往著新的生活，新的遊戲……

悄悄獨思我稱之為聰慧，
淒淒獨歌卻是——愚昧！
所以，一支歌兒要傾聽你們的讚美，
使你們靜靜團坐在我周圍，
渺渺眾小雀，各居各位！

如此幼稚，荒唐，鬼使神差，
彷彿你們生來就為談情說愛
和種種甜美的玩藝？
在北方——我吞吞吐吐地坦白——
我愛過一個婦人，老得讓人驚駭，
老婦的芳名叫「真理」……

虔誠的貝帕

只要我還長得俊，
不妨做虔誠的教徒。
誰不知上帝愛女人，
也愛嬌美的肌膚。
上帝一定肯原諒
那可憐見兒的修道士，
他像許多修道士一樣
老想和我待在一起。

絕不是白髮的神父！
不，他年輕而且總很鮮豔，
對那老公貓不屑一顧，
總是滿懷嫉妒和情焰。
我不愛老翁蒼髮，
他不愛老婦衰顏：
上帝的英明籌畫
真是妙不可言！
教堂懂得人生，
它檢查靈魂和臉蛋。
一向對我寬容──
當然，誰不對我另眼看待！
人們低聲囁嚅，

下跪，散去，
然後用新的罪過
把舊罪一筆抹去。

讚美塵世的上帝，
他愛漂亮的少女，
喜歡如此替自己
卸載心靈的重負。
只要我還長得俊，
不妨做虔誠的教徒。
一旦年老色衰，
魔鬼會把我迎娶！

神祕的小舟

昨夜，萬物沉入了夢鄉，
幾乎沒有一絲風
帶著莫名的歎息掠過街巷，
枕頭卻不讓我安寧，
還有罌粟，還有那一向
催人深眠的——坦蕩的良心。

我終於打消睡覺的念頭，
疾步奔向海灘
月色皎潔柔和，
在溫暖的沙灘。
我遇見一個男人和一隻小船，
這牧人和羊都睡意正稠——
小船瞌睡地碰擊著海岸。

一個鐘點，又一個鐘點，
也許過了一年？突然
我的感覺和思想
沉入無何有之鄉，
一個沒有柵欄的深淵
裂開大口——大限臨頭！

——黎明來臨，漆黑的深淵上
停著一隻小船，靜悄悄，靜悄悄……
發生了什麼？一聲呼喚，呼喚
此起彼伏：有過什麼？血嗎？——
什麼也沒發生！我們在安眠，安眠著
萬物——哦，睡吧！睡吧！

愛情的表白
（但詩人在這裡掉進了陷坑——）

哦，奇跡！他還在飛？
他上升，而他的翅膀靜止不動？
究竟是什麼把他托起？
如今什麼是他的目標、牽引力和韁繩？

就像星星和永恆
他如今住在遠離人生的高處，
甚至憐憫那嫉恨——
高高飛翔，誰說他只在漂浮！

哦，信天翁！
永恆的衝動把我推向高空。
我想念你：為此
淚水長流——是的，我愛你！

一個瀆神的牧羊人的歌

我躺在這裡，病入膏肓，
臭蟲正把我叮咬。
而那邊依然人語燈光！
我聽見，他們縱情歡跳……

她答應這個時候
來同我幽會。
我等著，像一條狗──
可是毫無動靜。

諾言豈非十字架？
她怎能說謊？
──也許她見誰跟誰，
就像我的山羊？

霓裳仙裾今在何方？
何處是我的驕傲？
莫非還有別的公羊
在這株樹旁安巢？

──戀愛時的久等
真使人煩亂怨恨！

222

就這樣，沉悶的夜間
花園裡長出了毒蕈。
愛情使我憔悴，如經七災八病，──
我全然不思飲食，
你們去活吧，洋蔥！

月亮沉入大海。
眾星已疲倦，
天色漸白──
但願我已長眠。

這些模糊不清的靈魂

這些模糊不清的靈魂
使我深深厭惡，
他們的一切榮譽是酷刑，
他們的一切讚揚是自尋煩惱和恥辱。

由於我不把他們的繩子
牽引過時代，
他們向我投來惡毒而諂媚的注視
和絕望的忌猜。

他們一心想責罵
和嘲笑我！
這些眼睛的徒勞搜查
在我身上必將永遠一無所獲。

絕望中的傻瓜

呵！我寫了些什麼在桌子和牆壁上
用傻瓜的心和傻瓜的手，
以為這樣能為它們化妝？

你們卻說：「傻瓜的手塗鴉──
應該把桌子和牆壁徹底洗刷，
直到一絲痕跡也不留下！」

請允許我一起動手──
我也會使用海綿和掃帚，
像批評家，像清潔工。
好吧，一旦幹完這件活，
我倒要看看你們，過分聰明的人，
用你們的聰明給牆壁和桌子塗什麼……

韻之藥
或：病詩人如何自慰

從你的唇間，
你垂著口涎的時間女妖，
慢慢滴著一個又一個鐘點。
我的全部憎惡徒勞地喊叫：
「詛咒呵，詛咒『永恆』的
這咽喉窄道！」

世界原是礦石：
一座灼熱的金牛星——它聽而不聞。
痛苦的鋒利刀刃縈遍了
我的全身：
「世界沒有心靈，
為此埋怨它實在愚蠢！」

傾瀉全部罌粟，
傾瀉吧，熱病！讓我的頭腦中毒！
你已經把我的手和額頭試了很久。
你問什麼？什麼？「給怎樣的——報酬？」
——哈！詛咒娼婦
和她的忽悠！

不！回來！
外面太冷，我聽見在下雨——
我對你應該更溫情脈脈？
——拿吧！這裡是黃金：多麼光彩奪目！——
你名叫「幸福」嗎？
你，熱病，受到了祝福？

門驟然砰砰！
雨向我的眠床澆淋！
風吹燈滅，——禍不單行！
——誰此刻沒有一百粒韻，
我打賭，打賭，
他會喪命！

「我多麼幸福！」

我又見到了聖馬可的白鴿：
靜悄悄的廣場上，光陰在晝眠。
我在宜人的綠陰涼裡，悠閒地把一支支歌
像鴿群一樣放上藍天——
又把它們招回，
往羽毛上掛一個韻兒
——我多麼幸福！我多麼幸福！

你寧靜的天彎，閃著藍色的光華，
像絲綢罩在五顏六色的房屋上空飄動，
我對你（我說什麼？）又愛，又妒，又怕……
但願我真的迷醉於你的心魂！
可要把它歸還？——
不，你的眼睛是神奇的草地，供我安息！
——我多麼幸福！我多麼幸福！

莊嚴的鐘樓，你帶著怎樣獅子般的渴望
勝利地沖向天空，經歷了何等艱辛！
你的深沉鐘聲在廣場上回蕩——
用法語說，你可是廣場的「重音」？
我像你一樣流連忘返，
我知道是出於怎樣絲綢般柔軟的強制……

——我多麼幸福！我多麼幸福！

稍待，稍待，音樂！先讓綠蔭變濃，
讓它伸展入褐色溫暖的夜晚！
白天奏鳴是太早了，
黃金的飾物尚未在玫瑰的華美中閃爍，
我又勾留了許多日子，
為了吟詩、漫遊和悄悄獨語
——我多麼幸福！我多麼幸福！

向著新的海洋
Nach neuen Meeren

我願意——向你投身；
從此我滿懷信心和勇氣。
大海敞開著，我的熱那亞人
把船兒驅入一片蔚藍裡。

萬物閃著常新的光華，
在空間和時間上面午睡沉沉——
唯有你的眼睛——大得可怕
盯視著我，永恆！

Dorthin— *will* ich; und ich traue
Mir fortan und meinem Griff.
Offen liegt das Meer, ins Blaue
Treibt mein Genueser Schiff.

Alles glänzt mir neu und neuer,
Mittag schläft auf Raum und Zeit—:
Nur *dein* Auge— ungeheuer
Blickt mich's an, Unendlichkeit!

西爾斯－瑪麗亞*
Sils-Maria

我坐在這裡，等著，等著——然而無所等，
在善惡的彼岸，時而享受光明，
時而享受陰影。一切只是嬉玩，
只有湖泊，正午，無目的的時間。

那裡，突然閃現女友！相結為伴——
而查拉圖斯特拉走過我的面前……

Hier saß ich, wartend, wartend, — doch auf nichts,
Jenseits von Gut und Böse, bald des Lichts
Genießend, bald des Schattens, ganz nur Spiel,
Ganz See, ganz Mittag, ganz Zeit ohne Ziel.
　Da, plötzlich, Freundin! wurde eins zu zwei—
　Und Zarathustra ging an mir vorbei…

---

*西爾斯－瑪麗亞（Sils-Maria），瑞士小鎮，位於阿爾卑斯山麓，尼采常在這裡度夏。

致地中海北風
——一支舞歌
An den Mistral
Ein Tanzlied

地中海北風，你是烏雲的獵戶，
憂愁的刺客，天庭的清道夫，
咆哮者，我對你多麼傾心！
我們豈非永遠是
同一母腹的頭生子，
同一運數的命定？

沿著這平滑的石路，
我向你奔來，跳著舞，
猶如和著你的呼嘯與歌唱：
你無須舟楫，
是自由最不羈的兄弟，
掃過狂野的海洋。

剛醒來，我聽見你的召喚，
就沖向石階陡岸，
登上海邊的黃色峭壁。
呵！你已經光芒四射，
像一條湍急的鑽石之河

從群峰凱旋而至。

在遼闊的天上穀坪，
我看見你的駿馬馳騁，
看見你乘坐的車騎，
看見你手臂高懸，
當你閃電般地揚鞭
抽打著馬的背脊——

我看見你從車騎上躍起，
飛快地翻身下地，
看見你似乎縮短成一支箭
垂直地沖向深淵——
猶如一束金色的光焰
把第一抹朝霞的玫瑰叢刺穿。

現在你舞蹈於一千座背脊，
波浪的背脊，波浪的詭計——
幸福呵，創造新舞蹈的俊傑！
我們按一千種曲調跳舞，
自由——是我們的藝術，
快樂——是我們的科學！

我們從每種花木摘取
一朵花做成我們的榮譽，
再加兩片葉子做成花環！
我們像行吟詩人一樣舞蹈——

在聖徒和娼妓之間，
在上帝和世界之間！

誰不能隨風起舞，
誰就必定被繃帶纏住，
不得動彈，又老又殘，
誰是平庸的偽善者，
名譽的蠢物，道德的笨鵝，
誰就滾出我們的樂園！

我們揚起滿街的灰塵
撲向一切病人的鼻孔，
我們嚇跑患病的雞群！
我們讓一切海濱
擺脫乾癟乳房的浮腫，
擺脫怯懦的眼睛！

我們驅逐攪渾天空的人，
抹黑世界的人，偷運烏雲的人，
我們使天國光耀！
我們呼嘯著……哦，和你
自由的精靈在一起，
我的幸福風暴似地呼嘯——

——這幸福有永恆的紀念，
請接受它的遺贈，
一併帶走這裡的花環！

把它拋擲得更高，更遠，
把這座天梯往上卷，
懸掛在星星的邊緣！

Mistral-Wind, du Wolken-Jäger,
Trübsal-Mörder, Himmels-Feger,
Brausender, wie lieb ich dich!
Sind wir zwei nicht eines Schoßes
Erstlingsgabe, eines Loses
Vorbestimmte ewiglich?

Hier auf glatten Felsenwegen
Lauf ich tanzend dir entgegen,
Tanzend, wie du pfeifst und singst:
Der du ohne Schiff und Ruder
Als der Freiheit freister Bruder
Über wilde Meere springst.

Kaum erwacht, hört ich dein Rufen,
Stürmte zu den Felsenstufen,
Hin zur gelben Wand am Meer.
Heil! Da kamst du schon gleich hellen
Diamantnen Stromesschnellen
Sieghaft von den Bergen her.

Auf den ebnen Himmels-Tennen
Sah ich deine Rosse rennen,

Sah den Wagen, der dich trägt,
Sah die Hand dir selber zücken,
Wenn sie auf der Rosse Rücken
Blitzesgleich die Geißel schlägt, —

Sah dich aus dem Wagen springen,
Schneller dich hinabzuschwingen,
Sah dich wie zum Pfeil verkürzt
Senkrecht in die Tiefe sotßen, —
Wie ein Goldstrahl durch die Rosen
Erster Morgenröten stürzt.

Tanze nun auf tausend Rücken,
Wellen-Rücken, Wellen-Tücken—
Heil, wer *neue* Tänze schafft!
Tanzen wir in tausend Weisen,
Frei-sei *unsre* Kunst geheißen,
Fröhlich— *unsre* Wissenschaft!

Raffen wir von jeder Blume
Eine Blüte uns zum Ruhme
Und zwei Blätter noch zum Kranz!
Tanzen wir gleich Troubadouren
Zwischen Heiligen und Huren,
Zwischen Gott und Welt den Tanz!

Wer nicht tanzen kann mit Winden,

Wer sich wickeln muß mit Binden,
Angebunden, Krüppel-Greis,
Wer da gleicht den Heuchel-Hänsen,
Ehren-Tölpeln, Tugend-Gänsen,
Fort aus unsrem Paradeis!

Wirbeln wir den Staub der Straßen
Allen Kranken in die Nasen,
Scheuchen wir die Kranken-Brut!
Lösen wir die ganze Küste
Von dem Odem dürrer Brüste,
Von den Augen ohne Mut!

Jagen wir die Himmels-Trüber,
Welten-Schwärzer, Wolken-Schieber,
Hellen wir das Himmelreich!
Brausen wir⋯o aller freien
Geister Geist, mit dir zu zweien
Braust mein Glück dem Sturme gleich.—

—Und daß ewig das Gedächtnis
Solchen Glücks, nimm sein Vermächtnis,
Nimm den *Kranz* hier mit hinauf!
Wirf ihn höher, ferner, weiter,
Stürm empor die Himmelsleiter,
Häng ihn— an den Sternen auf!

酒神頌

（1888）

小丑而已！詩人而已！
Nur Narr! Nur Dichter!

在傍晚的清氣裡，
當露水的安慰
傾灑到大地，
無形又無聲
——因為露水像一切溫柔的天使
步履兒輕細——
那時你想起，你想起，熾熱的心呵，
你曾經怎樣地渴望，
焦躁而疲憊地渴望
天上的淚和甘露，
當時，在枯黃的草徑上，
夕陽惡毒的眼光，
它那幸災樂禍的炯炯火眼，
透過黝黑的樹叢向你刺來。

「真理的追求者就是你嗎？」它譏諷道，
不！一個詩人而已！
一頭野獸，一頭狡猾、強橫、偷偷摸摸的野獸，
必須撒謊，
必須自覺自願地撒謊，
貪圖著獵物，

戴著五顏六色的面具，
自己做自己的面具，
自己做自己的獵物，
這是真理的追求者嗎？……
小丑而已！詩人而已！
只有花巧的東西在言語，
在小丑的面具下花言巧語，
跳踉於騙人的文字之橋，
跳踉於謊言之虹，
在虛幻的天空中
到處遊蕩著潛行著──
小丑而已！詩人而已！……

這是真理的追求者嗎？……
不是沉靜、堅硬、平滑、冷峭，
成為一尊石像，
一尊神的石像，
不是屹立在廟宇前，
擔任神的守衛：
不！與這道德的雕像相反，
在野地比在廟宇更加自在，
洋溢著貓兒的恣肆，
從隨便哪扇窗子跳出，
嗖！投入隨便哪種嬉戲，
向每片荒林窺測，
你就這樣在荒林裡
與色彩斑駁的猛獸為伍，

矯健、優美、五彩繽紛地迅跑，
伸著貪婪的獸唇，
喜氣洋洋地嘲諷、作惡、嗜血，
一邊掠奪、矯飾、謊騙一邊迅跑……

或者如同蒼鷹，久久地，
久久地凝視著深淵，
它自己的深淵……
──哦，這深淵如何向下，
向裡，向底部，
捲曲成越來越深的深度！──
然後，
突然地，
雙翼筆直
閃電一般
朝羔羊衝擊，
陡然直下，貪婪地，
渴望饜餐羔羊，
憎惡一切羔羊的靈魂，
尤其憎惡一切那樣的眼神，
道學，馴服，遊移，
愚蠢，帶著綿羊的溫良柔順……

就這樣
似鷹，似豹──
詩人的渴望，
藏在千張面具後的你的渴望，

你這小丑！你這詩人！……
你覺得對人類來説
上帝就如同綿羊──
把人類中的上帝
如同人類中的綿羊一樣撕碎，
一邊撕一邊大笑──

你的幸福
是鷹和豹的幸福，
是詩人和小丑的幸福！……

在傍晚的清氣裡，
當幽綠的月鐮
懷著妒恨
在紫霞裡潛行，
──與白晝為敵，
一步步偷偷侵割
天上的薔薇花冠，
直到它們沉落了，
慘然沉落在黑夜裡：

從前我也這樣地沉落了，
辭別我的真理的幻想，
辭別我的白晝的渴望，
白晝的光芒使我倦怠憔悴，
──我向下、向夜晚、向陰影沉落了，
那唯一的真理

曾把我燒得焦枯，
——你還記得嗎，記得嗎，熾熱的心呵，
那時你怎樣地渴望？——
我就這樣從一切真理那裡
被放逐了！
小丑而已！詩人而已！

Bei abgehellter Luft,
wenn schon des Taus Tröstung
zur Erde niederquillt,
unsichtbar, auch ungehört
—denn zartes Schuhwerk trägt
der Tröster Tau gleich allen Trostmilden—
gedenkst du da, gedenkst du, heißes Herz,
wie einst du durstetest,
nach himmlischen Tränen und Taugeträufel
versengt und müde durstetest,
dieweil auf gelben Graspfaden
boshaft abendliche Sonnenblicke
durch schwarze Bäume um dich liefen,
blendende Sonnen-Glutblicke, schadenfrohe.

"Der *Wahrheit* Freier— du?" so höhnten sie —
"Nein! nur ein Dichter!
ein Tier, ein listiges, raubendes, schleichendes,
das lügen muß,
das wissentlich, willentlich lügen muß,

nach Beute lüstern,

bunt verlarvt,

sich selbst zur Larve,

sich selbst zur Beute,

das— der Wahrheit Freier?···

Nur Narr! nur Dichter!

Nur Buntes redend,

aus Narrenlarven bunt herausredend,

herumsteigend auf lügnerischen Wortbrücken,

auf Lügen-Regenbogen

zwischen falschen Himmeln

herumschweifend, herumschleichend —

nur Narr! *nur* Dichter!

Das — der Wahrheit Freier?···

Nicht still, starr, glatt, kalt,

zum Bilde worden,

zur Gottes-Säule,

nicht aufgestellt vor Tempeln,

eines Gottes Türwart:

nein! feindselig solchen Tugend-Standbildern,

in jeder Wildnis heimischer als in Tempeln,

voll Katzen-Mutwillens

durch jedes Fenster springend

husch! in jeden Zufall,

jedem Urwalde zuschnüffelnd,

daß du in Urwäldern

unter buntzottigen Raubtieren
sündlich gesund und schön und bunt liefest,
mit lüsternen Lefzen,
selig-höhnisch, selig-höllisch, selig-blutgierig,
raubend, schleichend, *lügend* liefest···

Oder dem Adler gleich, der lange,
lange starr in Abgründe blickt,
in *seine* Abgründe···
—o wie sie sich hier hinab,
hinunter, hinein,
in immer tiefere Tiefen ringeln!—
Dann,
Plötzlich,
geraden Flugs,
gezückten Zugs
auf Lämmer stoßen,
jach hinab, heißhungrig,
nach Lämmern lüstern,
gram allen Lamms-Seelen,
grimmig gram allem, was blickt
tugendhaft, schafmäßig, krauswollig,
dumm, mit Lammsmilch-Wohlwollen···

Also
adlerhaft, pantherhaft
sind des Dichters Sehnsüchte,

sind *deine* Sehnsüchte unter tausend Larven,
du Narr! du Dichter!···

Der du den Menschen schautest
so Gott als *Schaf*–,
den Gott *zerreißen* im Menschen
wie das Schaf im Menschen
und zerreißend *lachen*—

das, das ist deine Seligkeit,
eines Panthers und Adlers Seligkeit,
eines Dichters und Narren Seligkeit!"···

Bei abgehellter Luft,
wenn schon des Monds Sichel
grün zwischen Purpurröten
und neidisch hinschleicht,
—dem Tage feind,
mit jedem Schritte heimlich
an Rosen-Hängematten
hinsichelnd, bis sie sinken,
nachtabwärts blaß hinabsinken:

so sank ich selber einstmals
aus meinem Wahrheits-Wahnsinne,
aus meinen Tages-Sehnsüchten,
des Tages müde, krank vom Lichte,

—sank abwärts, abendwärts, schattenwärts,
von einer Wahrheit
verbrannt und durstig
—gedenkst du noch, gedenkst du, heißes Herz,
wie da du durstetest?—
daß ich verbannt sei
von aller Wabrbeit!
Nur Narr! Nur Dichter!…

在沙漠的女兒們中間

1

「別走開！」自稱查拉圖斯特拉的影子的漂泊者説，「陪伴著
　　我們，要不古老陰暗的憂鬱又會侵襲我們。

那老魔術師已經把他最壞最好的都給了我們，看哪，那善良虔
　　誠的教皇眼中噙淚，也重又蕩舟在苦海上。

這些王者當著我們的面仍想裝得和顏悦色：然而只要沒有證
　　人，我料定他們又會開始惡作劇。

浮游的雲的惡作劇，陰鬱的心的惡作劇，遮蔽的天空的惡作
　　劇，被竊的太陽的惡作劇，蕭瑟的秋風的惡作劇。

我們的淒厲呼號的惡作劇：陪伴著我們，查拉圖斯特拉！這裡
　　有許多渴望傾訴的隱祕的痛苦，許多傍晚，許多雲翳，許
　　多陰黴的空氣！

你用强勁的食物和鏗鏘的格言養育我們：不要讓柔弱的心靈做
　　我們的最後一道菜！

唯有你使你周圍的空氣凝重清澄！在大地上我可曾覓到過如同
　　你洞穴中一樣美好的空氣？

我誠然見過各種各樣的土地，我的鼻子誠然習於鑒別估價各種
　　各樣的空氣：可是在你這裡，我的鼻孔享受了它們最大的
　　快樂！

除非——，除非——，哦，請允許我作一段往昔的回憶，請允
　　許我唱一支往昔的終餐歌，那是我從前在沙漠的女兒們中
　　間創作的。

在她們那裡，有同樣美好爽朗的東方的空氣；在那裡，我距陰
　　鬱沉悶的古老歐洲最遠！

那時我愛上了這樣的東方少女，愛上了不染一絲雲翳和思慮的
　　藍天。

你們不會相信，不跳舞時，她們坐在那裡多麼乖，多麼沉靜，
　　無思無慮，像小巧的祕密，像系著緞帶的謎，像餐桌上的
　　堅果——

真是絢麗奇特！卻並無雲影：誘人來猜的謎。那時我為討這些
　　少女的歡心，給她們編了一支終餐歌。」

自稱查拉圖斯特拉的影子的漂泊者如此説；不等應答，他已經
　　手撫老魔術師的豎琴，雙腿盤屈，寧靜睿智地一瞥四周：
　　——他緩緩地詫異地深吸一口氣，就像一個在新的田野上
　　品嘗新鮮空氣的人。最後他長嘯一聲開始吟唱。

2
沙漠在生長：懷著沙漠的人痛苦了……

3
嘿！
壯觀！
好一個莊嚴的開端！
阿非利加式的壯觀！
夠得上一頭猛獅
或一隻道德地吼叫的猿猴……
——但對你們卻一錢不值，
你們最親愛的女伴呵，

我，一個歐洲人，
在棕櫚樹下，
幸運地坐在你們的足踝邊。細拉。

真是奇跡！
如今我坐在這裡，
沙漠近在眼前，
沙漠又遠在天邊，
在虛無中仍然遭到毀滅：
因為我被這小小綠洲
吞咽了
——它豁然張開
玲瓏小嘴
天下最芬芳的小嘴：
我跌落進去，
下墜，穿越——來到你們中間，
你們最親愛的女伴呵！細拉。

讚美呵，讚美這條鯨魚，
因為它對它的客人
如此殷勤周到！——你們可明白
我這深奧的隱喻？……
讚美鯨魚的肚子，
因為它是一個
如此美妙的世外桃源。
但我對它心存懷疑，
因為我來自歐洲，

她比普天下的妻子更猜忌。
願上帝開導她！
阿門。

如今我坐在這裡，
在這小小綠洲上，
像一枚棗，
褐色，甜透了，流著金汁，
渴望少女豐滿的芳唇，
但更渴望少女的
冰涼、雪白、尖利的
皓齒：因為一切灼熱的棗
都懷著這衷心的渴望。細拉。

與這些南方的水果
多麼、多麼地相像，
我躺在這裡，
細小的飛蟲，
還有更細小的
更愚蠢、更邪惡的
願望和思緒，
圍著我舞蹈，嬉戲，——
你們也把我團團圍住，
你們沉靜的、充滿預感的
牝貓一樣的少女
杜杜和蘇累卡
——你們是我的斯芬克司之謎，在一個詞裡

我裝進了無數感覺
（——上帝饒恕我
這不講語法的罪過！……）
——我坐在這裡，吞飲著最美好的空氣，
真是天國的仙氣，
輕盈而透亮，金光閃閃，
這純和之氣呵，
必定降自明月，
出於偶然，
或者出於一時的狂放，
如古代詩人所雲？
但我對它心存懷疑，
因為我
來自歐洲，
她比普天下的妻子更猜忌。
願上帝開導她！
阿門。

吞飲著最甘美的空氣，
我張大鼻孔如滿斟的酒杯，
不復憧憬，不復回憶，
我坐在這裡，你們
最親愛的女伴呵，
我凝望著那棕櫚樹，
看她像一位舞姬，
搖顫豐臀，柔曲腰肢，
——看著，看著，人也不由自主地舞起來了……

我覺得，她豈非像一位舞姬，
太長久、過於長久地
總是、總是單腿佇立？
——我覺得，她豈非忘記了
另一條秀腿？至少我曾枉然地
尋找下落不明的
孿生的寶貝兒
——那另一條秀腿——
在她嬌羞無比的
雲譎波詭的裙裾下面，
那神聖的一角。
是的，你們美麗的女伴呵，
你們相信我吧：
她已經把它丟失……
噢！噢！噢！噢！噢！……
它已經失落了，
永遠地失落了，
那另一條秀腿！
可惜呵，多麼迷人的另一條秀腿！
它會在哪裡停留，獨自哀傷，
這條孤零零的腿？
也許正恐怖地
面對著一頭金色鬃毛的
發怒的獅子？
或者竟已經被撕裂，啃食乾淨了——
悲慘呵！唉！唉！被啃食乾淨了！細拉。

呵、不要在我面前哭泣，
柔弱的心！
不要在我面前哭泣，你們
棗樣的心！乳酪樣的胸！
你們裝著甘草的心靈的
小香袋！
做一個男子漢，蘇累卡！勇敢些！勇敢些！
不要再哭泣了，
蒼白的杜杜！
——也許在這裡
應當有一些
使人堅強的、使心靈堅強的東西？
一句塗了聖油的格言？
一種莊重的鼓勵？……
嘿！
上來吧，尊嚴！
吹吧，一個勁兒吹吧，
道德的風箱！
嘿！
又一次吼叫了，
道德地吼叫了，
像道德的獅子在沙漠的女兒面前那樣吼叫了！
——因為道德的吼聲，
最親愛的少女呵，
超過全部的歐洲人的熱情，歐洲人的渴望！
而我站在這裡，
作為歐洲人，

我別無所長，上帝保佑我！
阿門！

4
沙漠在生長：懷著沙漠的人痛苦了！
岩石磨礪著岩石，沙漠吞咽著，哽塞了，
猙獰的死亡噴射著褐焰覓尋，
他咀嚼著，他的咀嚼就是他的生命……

人呵，別忘記肉欲在燃燒：
你是岩石，沙漠，你是死亡……

最後的意願

這樣死去，
就像我曾經目睹的友人的死——
他把閃電和目光
神奇地投向我的陰鬱的青春：
恣肆而深沉，
戰場上的一位舞蹈家——

戰士中最快活的，
勝利者中最沉重的，
在他的命運之上樹立一個命運，
堅強，深思，審慎——

為他的勝利而顫慄著，
為他勝利時的陣亡而歡呼著——

他死去時猶在指揮
——他指揮人們去毀壞……

這樣死去，
就像我曾經目睹的他的死：
勝利著，毀壞著……

在猛禽中
Zwischen Raubvögeln

誰要由此下去，
一眨眼
就會被深淵吞咽！
──可是，查拉圖斯特拉，
你仍然喜愛深淵嗎，
像那棵冷杉？──

它紮根的地方，
連岩石往下看一眼
也要心驚膽顫，──
它躊躇於深淵之上，
周圍的一切
都搖搖欲墜：
荒涼的亂石和急瀉的飛湍
焦躁不安，
而它忍耐著，堅強，沉默，
孤寂……

孤寂！
有誰敢
來這裡做客，

做你的客人？……

也許有一隻猛禽：
它懸掛在
這堅忍者的毛髮上，
幸災樂禍地
發出瘋狂的大笑，
一種猛禽的大笑……

如此堅忍何所圖？
——他殘酷地嘲笑：
愛深淵者必須有翅膀，
豈能總是懸掛著，
像你這樣，無依無靠！——

呵，查拉圖斯特拉，
被嘲弄的健兒！
捕獵上帝的青年獵手，
撲打一切德行的網罟，
射向罪惡的箭鏃！
如今——
你所獵獲的
你自己的獵物
也要把你損汙……

如今——
你孤獨了，

困惑於自己的知識，
在一百面鏡子之前
面目全非，
在一百種記憶之間
迷離失措，
倦怠於每個傷口，
瑟縮於每股寒流，
被自己的繩索勒緊咽喉，
自知者！
自絞者！
你何苦把自己捆縛於
你的智慧之繩？
你何苦把自己誘往
那古老的蛇的樂園？
你何苦悄悄潛入
你自身中——你自身中？……

如今成了一個病人，
因蛇的毒液致病；
如今成了一名囚徒，
拖著悲苦的命運：
在自己的礦井裡
傴僂服役，
自己開鑿自己，
自己挖掘自己，
笨拙，
僵硬，

一具屍體——
肩負一千副重擔，
不堪忍受自己，
一個認識者！
一個自知者！
智慧的查拉圖斯特拉！……

你尋找最重的重負：
於是你找到了自己——
你不能擺脫你自己……

蹲伏著，
蜷縮著，
一個不復直立的人！
你和你的墳墓連合生長，
畸形的靈魂！……
而不久前你還如此**驕傲**，
站在你的**驕傲**的高蹺之上！
不久前你還是目無上帝的隱士，
與**魔鬼**相對成二人，
狂放不羈的猩紅色王子！……

如今——
在兩個虛無之間
被扭曲了，
一個問號，
一個疲憊的謎，

猛禽眼中的一個謎⋯⋯

——它要「猜破」你，
它渴望著「猜破」你，
它圍著你，它的謎，撲閃著翅膀，
圍著你，紋刑犯！⋯⋯
呵，查拉圖斯特拉！⋯⋯
自知者！⋯⋯
自絞者！⋯⋯

Wer Hier hinab will,

wie schnell

schluckt den die Tiefe!

—Aber du, Zarathustra,

liebst den Abgrund noch,

tust der Tanne es gleich?—

Die schlägt Wurzeln, wo

der Fels selbst schsudernd

zur Tiefe blickt—,

die zögert an Abgründen,

wo alles rings

hinunter will:

zwischen der Ungeduld

wilden Gerölls, stürzenden Bachs

geduldig duldend, hart, schweigsam,

einsam⋯

Einsam!
Wer wagte es auch,
hier zu Gast zu sein,
dir Gast zu sein?···
Ein Raubvogel vielleicht,
der hängt sich wohl
dem standhaften Dulder
schadenfroh ins Haar,
mit irrem Gelächter,
einem Raubvogel-Gelächter···

Wozu so standhaft?
—höhnt er grausam:
man muß Flügel haben, wenn man den abgrund liebt···
man muß nicht hängenbleiben,
wie du, Gehängter!—

O Zarathustra,
grausamster Nimrod!

Jüngst Jäger noch Gottes,
das Fangnetz aller Tugend,
der Pfeil des Bösen!—
Jetze—
Von dir selber erjagt,
deine eigene Beute,
in dich selber eingebohrt···

酒神頌

Jetzt——
einsam mit dir,
zwiesam im eignen Wissen,
zwischen hundert Spiegeln
vor dir selber falsch,
zwischen hundert Erinnerungen
ungewiß,
an jeder Wunde müd,
an jedem Froste kalt,
in eignen Stricken gewürgt,
Selbstkenner!
Selbstkenner!

Was bandest du dich
mit dem Strick deiner Weisheit?
Was locktest du dich
ins Paradies der alten Schlange?
Was schlichst du dich ein
In *dich*——in *dich*?⋯

Ein Kranker nun,
der an Schlangengift krank ist;
ein Gefangner nun,
der das härteste Los zog:
im eignen Schachte
gebückt arbeitend,
in dich selber eingehöhlt,

dich selber angrabend,

unbehilflich,

steif,

ein Leichnam—,

von hundert Lasten übertürmt,

von dir überlastet,

ein *Wissender*!

ein *Selbsterkenner*!

der *weise* Zarathustra!···

Du suchtest die schwerste Last:

da fandest du dich—,

du wirfst dich nicht ab von dir···

Lauernd,

kauernd,

einer, der schon nicht mehr aufrecht steht!

Du verwächst mir noch mit deinem Grabe,

verwachsener Geist!···

Und jüngst noch so stolz,

auf allen Stelzen deines Stolzes!

Jüngst noch der Einsiedler ohne Gott,

der Zweisiedler mit dem Teufel,

der scharlachne Prinz jedes Übermuts!···

Jetzt—

zwischen zwei Nichtse
eingekrümmt,
ein Fragezeichen,
ein müdes Rätsel—
ein Rätsel für Raubvögel···

—sie werden dich schon "lösen",
sie hungern schon nach deiner "Lösung"
sie flattern schon um dich, ihr Rätsel,
um dich, gehenkter!···
O Zarathustra!···
Selbstkenner!···
Selbstkenner!···

火的標記
Das Feuerzeichen

這裡，海水間伸展著島嶼，
陡然高聳起一座祭壇，
這裡，漆黑的天空下，
查拉圖斯特拉點燃了他的火炬——
為迷途舟子樹一航標，
為飽學之士樹一問號……

這火焰有著灰白的肚子
——向寒冷的遠方閃動它的貪欲，
向愈來愈純淨的高空彎曲它的頸子——
一條蛇焦躁地筆直站立：
我為自己樹立這樣的標記。

我的靈魂就是這火焰：
貪婪地向新的遠方
冉冉升騰起它隱祕的情戀。
查拉圖斯特拉為何要躲開獸和人？
他為何突然逃離一切堅固的海岸？
曾經領略過六重孤寂——
但大海對他也不夠寂寞，
海島任他登攀，他在山頂化作火焰，

向著第七重孤寂
他現在高高甩出釣竿去試探。

迷途的舟子！古老星星的碎片！
未來的海洋！未經探測的藍天！
現在我向你們，一切孤寂的所在，甩出釣竿：
請回答急不可耐的火焰，
請替我，高山上的垂釣者，
捕捉我的最後的第七重孤寂！

Hier, wo zwischen Meeren die Insel wuchs,
ein Opferstein jäh hinaufgetürmt,
hier zündet sich unter schwarzem Himmel
Zarathustra seine Höhenfeuer an, —
Feuerzeichen für verschlagne Schiffer,
Feuerzeichen für solche, die Antwort haben…

Diese Flamme mit weißgrauem Bauche
—in kalte Fernen züngelt ihre Gier,
nach immer reineren Höhen biegt sie den Hals—
eine Schlange gerad aufgerichtet vor Ungeduld:
dieses Zeichen stellte ich vor mich hin.

Meine Seele selber ist diese Flamme:
unersättlich nach neuen Fernen
lodert aufwärts, aufwärts ihre stille Glut.
Was floh Zarathustra vor Tier und Menschen?

Was entlief er jäh allem festen Lande?
Sechs Einsamkeiten kennt er schon,—
aber das Meer selbst war nicht genug ihm einsam,
die Insel ließ ihn steigen, auf dem Berg wurde er zur Flamme,
nach einer *siebenten* Einsamkeit
wirft er suchend jetzt die Angel über sein Haupt.

Verschlagne Schiffer! Trümmer alter Sterne!
Ihr Meere der Zukunft! Unausgeforschte Himmel!
nach allem Einsamen werfe ich jetzt die Angel:
gebt Antwort auf die Ungeduld der Flamme,
fangt mir, dem Fischer auf hohen Bergen,
meine siebente, *letzte* Einsamkeit!—

日落

1
你不用長久地焦渴了，
燃燒的心！
這許諾在空氣裡，
從陌生的嘴向我頻吹，
——大涼爽正在來臨……

我正午的烈日猶當空：
歡迎你們，正在來臨的，
陣陣勁風，
午後清涼的靈魂！

空氣神奇而潔淨地流逝。
黑夜豈非用斜睨的
媚眼
把我勾引了？……

堅強些，我的勇敢的心！
無須問：為了底事？——

2
我的生命的日子！

太陽西沉。
平坦的水面
鍍了一層金。
岩石暖融融：
也許正午時分
幸福曾在上面打盹？
如今翠光搖曳，
幸福仍在棕黃的深淵上戲弄。

我的生命的日子！
黃昏降臨。
你半閉的眸子
已經灼紅，
你露水的淚珠
已經晶瑩，
你的愛情的紫霞，
你遲來的臨終福樂
已在白茫茫的海上靜靜移動……

3
來吧，金色的歡樂！
死亡的
最隱祕最甘美的享受！
——我趕我的路過於匆促嗎？
如今，當雙腳已經疲憊，
你的目光才把我迎侯，
你的幸福才把我迎侯。

四周只有波浪和嬉戲。
滯重的一切
沉入藍色的遺忘，
我的小舟如今悠閒地停泊。
風暴和航行——它全已荒疏！
心願和希望已經淹沒，
靈魂和海洋恬然靜臥。
第七重孤寂！
我從未感到
更真切的甜蜜的安逸，
更溫暖的太陽的凝注。
——我峰頂的積冰尚未燒紅嗎？
銀色，輕捷，像一條魚，
我的小舟正逍遙遊出……

阿莉阿德尼*的悲歡

誰還温暖我，誰還愛我？
給我滾燙的手！
給我心靈的炭盆！
我俯躺著，顫抖著，
像一個被人暖著雙腳的半死的人，
呵！無名燒使我抽搐，
凜冽的利箭使我哆嗦，
被你追逐著，思想！
不可名狀者！隱蔽者！可怖者！
你躲在雲後的獵人！
被你的閃電擊倒了，
你暗中窺視著我的嘲諷的眼睛！
我這樣躺著，
扭曲，蜷縮，受折磨於
一切永恆的酷刑，
被你擊中了，
最殘忍的獵人，
你無名的——神⋯⋯

刺擊得深些！
再刺擊一次！
刺傷、擊碎這顆心吧！

為何你的酷刑
要用魯鈍的箭矢？
為何你總是盯著我，
不倦地折磨人類，
用幸災樂禍的炯炯神眼？
莫非你不想把人殺死，
只是想折磨了，再折磨？
為何你要折磨我，
幸災樂禍的無名之神？

哈哈！
你偷偷走近，
在這樣的午夜？
你想要什麼？
說吧！
你擠我，壓我，
哈！靠得太近啦！
你竊聽我的呼吸，
你又竊聽我的心跳，
你嫉妒者！
──你究竟嫉妒什麼？
滾開！滾開！
這梯子用來幹什麼？
你想潛入
潛入我的心房，
你想偷襲
偷襲我最隱祕的思想？

無恥者！無名者！竊賊！
你要偷盜什麼？
你要竊聽什麼？
你要逼供什麼，
你刑訊者！
你——殺戮之神！
也許我該像一隻狗，
在你面前打滾？
忠心耿耿、興高采烈地
向你搖尾乞憐？
做夢！
繼續刺吧！
最殘忍的箭矢！
我不是狗——而只是你捕獲的野獸，
你最殘忍的獵人！
我是你最驕傲的俘虜，
你躲在雲後的強盜……
乾脆説吧！
你隱藏的閃電！無名者！説吧！
你想要什麼，打劫者，從——我身上？……

怎麼？
贖身金？
你要多少贖身金？
多多益善——我的驕傲吩咐！
少説廢話——我的另一重驕傲吩咐！

哈哈！
你要——我？我？
整個的——我？

哈哈！
你折磨我，你這個小丑，
你折磨我的驕傲？
給我愛吧——誰還溫暖我？
誰還愛我？
給我滾燙的手，
給我心靈的炭盆，
給我這最孤寂者
冰，呵！七倍的冰
使我渴求敵人，
甚至渴求敵人，
給我，給我呵
最殘酷的敵人，
給我——你！……
好了！
他逃跑了，
我唯一的伴侶，
我偉大的敵人，
我的無名者，
我的殺戮之神！……

不！
回來吧！

帶著你的全部折磨！
我的滿眶熱淚向你傾灑，
我的最後的心靈之火
為你熊熊燃燒。
呵，回來吧，
我的無名之神！我的痛苦！
我的最後的幸福！……

（閃電。酒神狄俄尼索斯在綠寶石的美之中顯現。）

酒神：
聰明些，阿莉阿德尼！
你有精巧的耳朵，你有我的耳朵：
聽我一句聰明話！——
凡人若要自愛，豈非必先自恨？……
我是你的迷宮……

---

*阿莉阿德尼，希臘神話中彌諾斯和帕西淮的女兒，曾搭救英雄忒修斯並與之一起
　逃走，途中被拋棄，後來成為酒神狄俄尼索斯的祭司和妻子。

榮譽和永恆
Ruhm und Ewigkeit

1

你已經多麼長久地坐在
你的厄運之上？
當心！你還在替我孵化
一隻蛋，
一隻蜥蜴蛋，
從你漫長的悲苦之中。

查拉圖斯特拉為何沿著山麓潛行？——

猜疑，潰膿，陰鬱，
一個耐心的伺伏者——
可是突然，一道閃電，
耀眼，恐怖，一個對天空的打擊
來自深淵：
——山嶽的五臟六腑
為之震顫……
仇恨與電火在這裡
合為一體，一個天譴——
查拉圖斯特拉的憤怒投向山嶽，
他像一片雷雲默默趕他的路。

溜吧，躲到你最後一片屋頂下去！
上床吧，嬌生慣養的人們！
驚雷在蒼穹之頂滾動，
一切屋宇和城牆在搖顫，
閃電和噴著硫磺的真理劃破長空——
查拉圖斯特拉在詛咒……

2
全世界通用的
這硬幣——
榮譽，
我戴著手套碰它們，
我厭惡地把它們踩在腳下。

誰願做硬通貨？
那任人購買的……
誰待價而沽，就把
肥膩的手
伸向榮譽，這全世界叮噹響的銅板！

——你要買它們？
它們全都可以買到。
不過要出大價錢！
搖響滿滿的錢袋！
——你一向在加強它們，
你一向在加強它們的道德……

它們全都道貌岸然。
榮譽和道德——情投意合。
世界這樣度日很久了，
它用榮譽的喧囂
支付道德的説教——
世界靠這吵鬧聲度日……

面對一切道德家
——我願負債累累，
負下種種巨額的債務！
面對一切榮譽的喇叭
我的虛榮心萎縮了——
我渴望成為
最卑賤者……

全世界通用的
這硬幣——
榮譽，
我戴著手套碰它們，
我厭惡地把它們踩在腳下。

3
靜！——
對於偉大的事物——我見到了偉大！——
應當沉默
或者偉大地談論：
偉大地談論吧，我的激揚的智慧！

我抬頭仰望——
那裡翻滾著光的海洋：
——呵，黑夜，呵，沉默，呵，死寂的喧嘩！……
我看見一個徵象——
從最遠的遠方
一種星象閃著火花在我眼前緩緩下沉……

4
存在的最高星辰！
永恆雕塑的圖像！
你正迎我走來嗎？
世上無人見過的
你的無言的美——
怎麼？它不回避我的眼睛？

必然的標記！
永恆雕塑的圖像！
——可是你當然知道：
人人都恨的，
唯我獨愛的，
乃是你的永恆！
乃是你的必然！
我的愛情
永遠只為必然而燃燒。

必然的標記！
存在的最高星辰！

——一切願望不能企及，
一切否定不能汙損，
你永遠肯定存在，
我永遠肯定你：
因為我愛你，呵，永恆！

1

Wie lange sitzest du schon
　　auf deinem Mißgeschick?
Gib acht! du brütest mir noch
　　ein Ei,
　　ein Basilisken-Ei
aus deinem langen Jammer aus.

Was schleicht Zarathustra entlang dem Berge?—

Mißtrauisch, geschwürig, düster,
ein langer Lauerer—,
aber plötzlich, ein Blitz,
hell, furchtbar, ein Schlag
gen Himmel aus dem Abgrund:
—dem Berge selber schüttelt sich
das Eingeweide⋯

Wo Haß und Blitzstrahl
eins ward, ein *Fluch*—,
auf den Bergen haust jetzt Zarathustras Zorn,

eine Wetterwolke schleicht er seines Wegs.

Verkrieche sich, wer eine letzte Decke hat!
Ins Bett mit euch, ihr Zärtlinge!
Nun rollen Donner über die Gewölbe,
nun zittert, was Gebälk und Mauer ist,
nun zucken Blitze und schwefelgelbe Wahrheiten―
　　Zarathustra *flucht*⋯

2
Diese Münze, mit der
alle Welt bezahlt,
Rubm―,
mit Handschuhen fasse ich diese Münze an,
mit Ekel trete ich sie *unter* mich.

Wer will bezahlt sein?
Die Käuflichen⋯
Wer *feil* steht, greift
mit fetten Händen
nach diesem Allerwelts-Blechklingklang Ruhm!

―*Willst* du sie kaufen?
Sie sind alle käuflich.
Aber biete viel!
klingle mit vollem Beutel!
―du *stärkst* sie sonst,

du stärkst sonst ihre *Tugend*···

Sie sind alle tugendhaft.
Ruhm und Tugend— das reimt sich.
Solange die Welt lebt,
zahlt sie Tugend-Geplapper
mit Ruhm-Geklapper—,
die Welt *lebt* von diesem Lärm···

Vor allen Tugendhaften
    Will ich schuldig sein,
Schuldig heißen mit jeder großen Schuld!
Vor allen Ruhms-Schalltrichtern
wird mein Ehrgeiz zum Wurm—,
unter solchen gelüstet's mich,
der *Niedrigste* zu sein···

Diese Münze, mit der
alle Welt bezahlt,
Ruhm—,
mit Handschuhen fasse ich diese Münze an,
mit Ekel trete ich sie *unter* mich.

3
Still!—
Von großen Dingen— ich *sehe* Großes!—
soll man schweigen

oder groß reden:

rede groß, meine entzückte Weisheit!

Ich sehe hinauf—

dort rollen Lichtmeere:

o Nacht, o Schweigen, o totenstiller Lärm!···

Ich sehe ein Zeichen—,

aus fernsten Fernen

sinkt langsam funkelnd ein Sternbild gegen mich.

4

Höchstes Gestirn des Seins!

Ewiger Bildwerke Tafel!

Du Kommst zu mir?—

Was keiner erschaut hat,

deine stumme Schönheit—

wie? sie flieht vor meinen Blicken nicht?—

Schild der Notwendigkeit!

Ewiger Bildwerke Tafel!

—aber du weißt es ja:

was alle hassen,

was allein *ich* liebe:

—daß *du ewig* bist!

daß du *notwendig* bist!—

meine Liebe entzündet

sich ewig nur an der Notwendigkeit.

Schild der Notwendigkeit!
Höchstes Gestirn des Seins!
—das kein Wunsch erreicht,
—das kein Nein befleckt,
ewiges Ja des Seins,
ewig bin ich dein Ja:
denn ich liebe dich, o Ewigkeit!—

最富者的貧窮
Von der Armut des Reichsten

十年以來──
沒有一滴水降臨我，
沒有一絲沁人的風，沒有一顆愛的露珠
──一片不雨之地⋯⋯
我求我的智慧
在這乾旱中不要變得吝嗇：
自己滿溢，自己降露，
自己做焦枯荒野上的雨！

我曾吩咐烏雲
飄離我的山嶺──
我曾說：「讓光明驅散黑暗！」
今天我卻呼喚你們回來：
用你們的乳房為我遮蔭！
──我要擠你們的乳汁，
天上的母牛！
我把暖如乳汁的智慧、愛的甘露
傾瀉於大地。

去吧，去吧，你們
目光陰鬱的真理！

我不願在我的山上
看到苦澀焦躁的真理。
今天我身旁的真理
因微笑而容光煥發，
因日曬而甜蜜，因愛情而殷紅──
我從樹上只採摘成熟的真理。

今天我把手伸向
偶然的髮捲，
足智多謀，把偶然
當作一個孩子領著，哄著。
今天我願友好地接待
不速之客，
面對命運我不想鋒芒畢露
──查拉圖斯特拉不是一隻刺蝟。

我的靈魂
有一條貪婪的舌頭，
舔過一切好的壞的東西，
沉入每一個深淵。
然而又像軟木塞，
總是重新浮上來，
像油一樣在棕色的海面漂幻：
所以我被稱作幸運兒。

誰是我的雙親？
莫非我的父親是豐盛王子，

我的母親是恬靜的倩笑？
莫非他們的聯姻生育了
我這謎獸，
我這光的精靈，
我這一切智慧的揮霍者查拉圖斯特拉？

如今我已經柔腸寸斷，
盼望著一陣含露的風，
查拉圖斯特拉靜侯在、靜侯在他的山上——
在自己的果汁裡
變得甜蜜而成熟，
在他的峰頂下方，
在他的冰崖下方，
倦怠又陶醉，
一位造物主在他的第七日。

——靜！
一個真理飄過我的頭頂
像一朵雲——
它用無形的閃電擊中了我。
在悠長堂皇的階梯上
它的幸福正向我走來：
來吧，來吧，心愛的真理！

——靜！
這是我的真理！——
從閃忽的眸子裡，

從天鵝絨般的顫悠裡，
她的目光與我相遇，
嬌媚，調皮，少女的一瞥……
她猜中了我的幸福的謎底，
她猜中了我——呵！她想做什麼？——
一條紫色的龍
潛藏在她秋波的深淵裡。

——靜！我的真理開口了！——

可悲啊，查拉圖斯特拉！
你活像
一個吞金的人：
你的肚子就要被剖開了！……
你過於富庶，
你樹敵太多！
你太招人嫉妒，
你太顯人貧窮……
你的光明甚至也向我投下了陰影——
我瑟縮顫抖：走開，你富庶者，
走開，查拉圖斯特拉，走出你的太陽！……

你想饋贈、送掉你的豐盛，
可你自己就是最豐盛者！
放聰明些，你富庶者，
把你自己先分送掉，查拉圖斯特拉呵！

十年以來——
沒有一滴水降臨你嗎？
沒有一絲沁人的風嗎？沒有一顆愛的露珠嗎？
可是誰還能愛你，
你太富者？
你的幸福使周圍乾涸，
使愛情貧瘠
——一片無雨之地……

不再有人感謝你，
而你卻感謝
每一個向你索取的人：
我瞭解你，
你太富者，
你一切富者中的最貧窮者！
你奉獻自己，你的財富折磨著你——
你繳出自己，
你不珍惜自己，你不愛自己，
大痛苦時刻煎逼著你，
那滿溢的穀倉、滿溢的心房的痛苦——
可是不再有人感謝你……

你必須變得更窮，
聰明的傻子！
你要使自己能夠被人愛。
人只愛受苦者，
人只把愛給予饑謹者：

酒神頌

把你自己先分送掉，查拉圖斯特拉呵！

——我就是你的真理⋯⋯

Zehn Jahre Dahin—,
kein Tropfen erreichte mich,
kein feuchter Wind, kein Tau der Liebe
—ein *regenloses* Land⋯
Nun bitte ich meine Weisheit,
Nicht geizig zu werden in dieser Dürre:
ströme selber über, träufle selber Tau,
sei selber Regen der vergilbten Wildnis!

Einst hieß ich die Wolken
fortgehn von meinen Bergen, —
einst sprach ich "mehr Licht, ihr Dunklen!"
Heut locke ich sie, daß sie kommen:
macht Dunkel um mich mit euren Eutern!
—ich will euch melken,
ihr Kühe der Höhe!
Milchwarme Weisheit, süßen Tau der Liebe
ströme ich über das Land.

Fort, fort, ihr Wahrheiten,
die ihr düster blickt!
Nicht will ich auf meinen Bergen
herbe ungeduldige Wahrheiten sehn.

Vom Lächeln vergüldet
nahe mir heut die Wahrheit,
von der Sonne gesüßt, von der Liebe gebräunt,—
eine *reife* Wahrheit breche ich allein vom Baum.

Heut strecke ich die Hand aus
nach den Locken des Zufalls,
klug genug, den Zufalls
einem Kinde gleich zu führen, zu überlisten.
Heut will ich gastfreundlich sein
gegen Unwillkommnes,
gegen das Schicksal selbst will ich nicht stachlicht sein,
—Zarathustra ist kein Igel.

Meine Seele,
Unersättlich mit ihrer Zunge,
an alle guten und schlimmen Dinge hat sie schon geleckt,
in jede Tiefe tauchte sie hinab.
Aber immer gleich dem Korke,
immer schwimmt sie wieder obenauf,
sie gaukelt wie Öl über braune Meere:
dieser Seele halber heißt man mich den Glücklichen.

Wer sind mir Vater und Mutter?
Ist nicht mir Vater Prinz Überfluß
und Mutter das stille Lachen?
Erzeugte nicht dieser beiden Ehebund

mich Lichtunhold,
mich Verschwender aller Weisheit, Zarathustra?

Krank heute heute vor Zärtlichkeit,
ein Tauwind,
sitzt Zarathustra wartend, wartend auf seinen Bergen, —
im eignen Safte
süß geworden und gekocht,
unterhalb seines Gipfels,
unterhalb seines Eises,
müde und selig,
ein Schaffender an seinem siebenten Tag.

—Still!
Eine Wahrheit wandelt über mir
einer Wolke gleich, —
mit unsichtbaren Blitzen trifft sie mich.
Auf breiten langsamen Treppen
steigt ihr Glück zu mir:
komm, komm, geliebte Wahrheit!

—Still!
Meine Wahrheit ist's!—
Aus zögernden Augen,
aus samtenen Schaudern
trifft mich ihr Blick,
lieblich, bös, ein Mädchenblick···

Sie erriet meines Glückes *Grund,*
sie erriet mich — ha! was sinnt sie aus? —
Purpurn lauert ein Drache
im Abgrunde ihres Mädchenblicks.

Still! Meine Wahrheit *redet!* —

Wehe dir, Zarathustra!
Du siehst aus, wie einer,
der Gold verschluckt hat:
man wird dir noch den Bauch aufschlitzen!…

Zu reich bist du,
du Verderber vieler!
Zu viele machst *du* neidisch,
zu viele machst du arm…
Mir selber wirft dein Licht Schatten—,
es fröstelt mich: geh weg, du Reicher,
geh, Zarathustra, weg aus deiner Sonne!…

Du möchtest schenken, wegschenken deinen Überfluß,
aber du selber bist der Überflüssigste!
Sei klug, du Reicher!
Verschenke dich selber erst, o Zarathustra!

Zehn Jahre dahin—,
und kein Tropfen erreichte dich?

kein feuchter Wind? kein Tau der Liebe?
Aber wer *sollte* dich auch lieben,
du Überreicher?
Dein Glück macht rings trocken,
Macht arm an Liebe
—ein *regenloses* Land···

Niemand dankt dir mehr.
Du aber dankst jedem,
der von dir nimmt:
daran erkenne ich dich,
du Überreicher,
du *Armster* aller Reichen!

Du opferst dich, dich *quält* dein Reichtum—,
du gibst dich ab,
du schonst dich nicht, du liebst dich nicht:
die große Qual zwingt dich allezeit,
die Qual *übervoller* Scheuern, *übervollen* Herzens—
aber niemand dankt dir mehr···

Du mußt *ärmer* warden,
weiser Unweiser!
willst du geliebt sein.
Man liebt nur die Leidenden,
man gibt Liebe nur dem Hungernden:
verschenke dich selbst erst, o Zarathustra!
—Ich bin deine Wahrheit

查拉圖斯特拉的
格言和歌

（1882-1888）

這是查拉圖斯特拉的歌，
他唱給自己聽，從而忍受了
他的最後的孤獨。

話語、譬喻和圖像

1
我睡了，別為這生氣，
我只是疲倦了，我並未死去。
我的聲音不聽話地響著，
那只是鼾聲和鼻息，
一個疲倦者的歌。
這裡沒有死亡的渴求，
這裡沒有墳墓的引誘。

2
烏雲猶在轟鳴，
可是田野上空已經升起
耀眼、恬靜、凝重的
查拉圖斯特拉的寶庫。

3
高空是我的故鄉，
我並不為自己尋求高空。
我並不舉目仰望；
我是一個俯視者，
一個必須祝福的人，
一切祝福者都俯視……

4
對於這樣的虛榮心
地球豈非太小了？

5
我放棄了一切，
我擁有和珍惜的一切，
我什麼也不再留下，
除了你，偉大的希望！

6
怎麼回事？大海沉落了？
不，是我的土地在生長！
一種新的熱情托著它上升！

7
我那彼岸的幸福！
我今天的幸福就是
把影子投入它的光明。

8
這耀眼的深淵！
一向稱作星星的東西
變成了斑點。

9
你們一本正經，

我萬事遊戲。

10
呼嘯吧，風，呼嘯吧！
請奪走我的一切舒適！

11
我由此起步：
忘掉對我自己的同情！

12
星星的碎片——
我用這些碎片建造一個世界。

13
你並非推翻了偶像，
你只是推翻了你身上的偶像的僕人，
這便是你的勇氣。

14
它們站在那裡，
那些笨重頑固的貓，
那些遠古時代的價值——
唉，你想如何推翻它們？

張牙舞爪的貓
爪子被裹住了，

它們坐在那裡，
惡狠狠地望著。

15
這石頭的美
為我冷卻了灼熱的心。

16
還沒有鍍上一層微笑的真理，
乳臭未乾急於求成的真理
圍我而坐。

真理屬於我們的雙足！
舞蹈著走向真理！

17
我的智慧是閃電，
它用鑽石寶劍為我劃破一切黑暗！

18
誰為自己製造
這最高的障礙，
這思想的思想？
生命自己為自己製造
它的最高障礙：
此刻它正跳越它的思想。

在這個思想上
我寄託了我的未來。

19
我的思想
現在還是沸騰的熔岩，
可是每座熔岩
都凝固於自築的堡壘，
每種思想
都窒息於所謂「法則」。

20
現在這就是我的意志，
從此以後，我事事如願以償——
這是我最後的聰明：
我只要我所必須的——
以此我戰勝了一切「必須」……
從此對我來説不存在「必須」……

21
忠告，謎樣的朋友，
此刻我的德行躲在何處？
它從我身邊跑開了，
它害怕我的
釣竿和網的詭計。

22
一隻狼親自為我作證
並且說：「你嗥叫得比我們狼更好。」

23
欺騙——
這就是戰爭中的一切。
狐狸的皮
是我的祕密的甲胄。

24
哪裡有危險，
我就在哪裡出現，
我就在哪裡破土而出。

25
我們挖掘新的財富，
我們挖掘新的寶藏；
從前有過瀆神行為，
挖掘驚擾了大地的腑髒；
如今又要有瀆神行為，
你們沒有聽見一切深度在鬧肚子嗎？

26
你坐在這裡，那麼無情，
就像驅迫我走向你的
我的好奇心：

好吧，斯芬克司，
我是一個提問者，像你一樣，
這深淵是我們共有的——
也許我們能用同一張嘴說話！

27
我是一個聽取誓言的人，
向我宣誓吧！

28
尋求著愛——可是找到和不得不撕破的
總是假面，這可詛咒的假面！

29
我愛你們？
騎手這樣愛他的馬：
它載他走向他的目標。

30
他的同情是嚴酷的，
他的愛會把人壓碎：
不要同巨人握手！

31
你們怕我？
你們怕繃緊的弓？
唉，但願有人能把他的箭放到弓上！

32
「你在四周鋪開新的夜，
你的獅足踏出一片荒漠。」

33
我只是一個造詞者：
詞有什麼，
我就有什麼！

34
唉，我的朋友？
世人所謂的「善」往何處去！
一切「善人」往何處去！
所有這些無辜的謊言往何處去，往何處去！

我把一切叫做善，
樹葉和草地，幸福，好運氣和雨。

35
當我因人受苦時，
往往並非苦於他的罪惡和愚昧，
倒是苦於他的完美。

36
「人是惡的，」
一切大智大慧者如是說——
為了安慰我。

37
只有當我成為我自己的負擔時，
我才覺得你們重！

38
不一會兒
我又笑了；
敵人在我身上
罕能得到滿足。

39
我對人和偶然都寬容；
與人人友好，與小草也友好：
冬日山坡上的一片陽光……
溫柔而濕潤，
使心靈解凍的一陣春風；

對於渺小的利益
我卻傲慢：
一看見小店主的長指頭，
就幾乎想要
把短指頭拉長——
我的難調的口味如此要求。

40
一個陌生的聲音在我耳旁呵斥低語：
「我是一面變模糊了的鏡子嗎？」

41
渺小的人們，
信任，坦率，
但門是低矮的，
只有侏儒才能通過。

我是怎樣由這城門出來的？──
我已不會在矮人中生活！

42
我的智慧猶如太陽：
我願是它的光，
可是我使它太耀眼了：
我的智慧的太陽刺瞎了
這些蝙蝠的
眼睛……

43
「你像任何一位先知那樣靜觀黑暗和苦難，
還沒有一個智者經歷過地獄的極樂。」

44
回去！你們跟我太近踩了我的腳！
回去，免得我的真理踩你們的頭！

45
「誰走你的路，必通往地獄！」──

好吧！我願用好的格言
為自己鋪設通往我的地獄的路。

46
你們的上帝，據你們說，
是一位仁愛的上帝？
良心的咬齧、
仁愛的咬齧？

47
他的上帝的猿——
你願意僅僅做你的上帝的猿？

48
他們啃著卵石，
他們枕著
小巧圓滑之物的肚皮；
他們崇拜未倒塌的一切，——
這些上帝的末代奴僕，
這些現實的信徒！

49
沒有女人，哺育不良，
並且盯著她們的肚臍，
——這汙穢的畫面
散發著臭氣！
他們就這樣為自己編造了上帝的肉欲。

50
他們從無中造出他們的上帝，
奇跡：現在上帝對他們又變成了無。

51
你們這些高貴者，已經有過
思索的時代，絞盡腦汁的時代，
如同我們的今天和昨天。

52
這時代是一個病婦——
讓她去叫喊、罵詈、詛咒
和打碎盆盆罐罐吧！

53
絕望的人們呵！當著你們的
觀眾的面，你們表演得多麼勇敢！

54
你們攀登著，
這是真的嗎，你們攀登著，
你們這些高貴者？
你們是否不再變化，寬容大度，
像一隻球
被擠壓到高處
——經過你們的最低處？……
你們不逃避自己嗎，攀登者？……

55
嘿，你相信
必須蔑視，
在你只能放棄時！

56
所有男子漢都重複説：
不！不！決不！
讓天上的鈴兒去叮噹叮噹
我們不願進入天國——
塵世應當屬於我們！

57
懶漢們聽著：
誰無事可做，
「無」就給誰添麻煩。

58
你再也不能忍受
你的橫暴的命運？
愛你無可選擇的東西吧！

59
僅此可以擺脱一切痛苦——
選擇吧：
快速的死
或持久的愛。

60
人人必死無疑。
幹嘛不快快活活呢？

61
那最糟糕的異議
我瞞住了你們——生命變得令人厭倦了，
丟棄它，它又會重新吸引你們！

62
寂寞的日子，
你們願藉勇敢的足行走。

63
孤獨
並不栽種：它成熟……
為此還須有太陽做你的情侶。

64
你必須重新受到擠壓：
人在擠壓中變得又硬又滑。
孤獨變脆了，
孤獨敗壞了……

65
當孤獨者
被大恐怖襲擊，

當他不停地奔跑
卻不知跑向哪裡，
當風暴在他背後呼嘯，
當閃電在他面前照耀，
當他的鬼影幢幢的洞穴
使他心驚肉跳……

66
烏雲——你們攜帶著什麼，
為了我們自由輕颺的快樂的靈魂？

67
把你的重負投入深淵！
人呵遺忘吧！人呵遺忘吧！
遺忘是神聖的藝術！
如果你願飛翔，
如果你願以高空為家：
就把你的重負投入大海吧！
這裡是大海，把你自己投入大海吧：
遺忘是神聖的藝術！

68
你如此好奇？
你能否凝望這個角落？
為了作此凝望，
人必須腦後也長眼睛！

69
放眼看！不要反顧！
誰總是尋根究底，
誰就完蛋。

70
對勇士
慎勿警告！
為這警告
他愈發衝向每個深淵。

71
他為何從他的高峰躍下？
什麼在引誘他？
引誘他的是對一切低卑者的同情：
而今他躺在那裡，碎裂，無用，冰涼——

72
他走向何方？有誰知道？
只知道他消失了。
一顆星熄滅於荒漠，
荒漠更荒涼了……

73
一個人所沒有的
而又必需的，
他就應當為自己奪取——

於是我為自己奪得了坦然的良心。

74
誰會把權利拱手交給你？
那就為你自己去奪取權利吧！

75
波浪，你們好不古怪？
你們向我示威？
你們怒濤澎湃？
我用我的槳敲打
你們愚蠢的頭。
這一葉扁舟——
你們反正得把它馱向不朽！

76
你們周圍的東西
很快就與你們稔熟——
習慣由此產生；
你在哪裡久坐，
習慣就在哪裡滋生。

77
當新的聲音瘖啞了，
你們就用陳詞爛調
炮製一條法則；
生命僵死之處，

必有法則堆積。

78
類似的反駁不能成立：
這可是真的？
哦，你們天真漢！

79
你強壯嗎？
強壯得像頭驢？強壯得像上帝？
你驕傲嗎？
驕傲得面對你的虛榮心
不知羞恥為何事？

80
留神你自己，
不要做命運的
吹鼓手！
離開一切沽名釣譽的
喧囂之路！

一個珍惜他的聲響的人
並不急於求成。

81
你想伸手入荊棘？
你的手指大吃其苦頭了。

握一把匕首吧！

82
你弱不禁風？
提防孩子的手！
孩子不毀壞點什麼，
就沒法過日子……

83
當心，多嬌嫩的皮膚！
你竟想從這東西上
刮下一層茸毛？

84
你的許多思想
出自心靈，
你的少量思想
出自頭腦，
它們豈非都被思考得很馬虎？

85
倘若你是一葉金箔——
你的經歷就將
載入金色的史冊。

86
他堂堂正正站在那裡，

他左腳的小腳趾
比我整個頭顱
包含更多公正的意義：
一隻道德怪物，
全身縞素。

87
他摹仿起自己來了，
他疲倦了，
他尋找他的舊路了——
而不久前他還愛一切陌生的路！

悄悄地燃燒著，
並非為了他的信仰，
他毋寧是為無信仰
尋求著勇氣。

88
對於不安穩者
監獄是何等安全！
被捕獲的罪犯
靈魂沉睡得何等安寧！
唯有一絲不苟者
因良心而備受痛苦！

89
他蹲獸籠太久了，
這逃犯！

他怕警棍怕得
太久了!
如今他膽戰心驚地趕他的路:
一切都使他趑趄,
哪怕一根棍子的影子也使他趑趄。

90
煙熏的臥室,陰黴的客廳,
獸檻,狹隘的心靈,
你們如何裝得下自由的精神!

91
不可救藥!你們的心靈狹窄,
而你們的全部精神
被抓住並關進了
這狹窄的獸籠裡。

92
狹隘的靈魂,
小市民的靈魂!
一旦金錢跳進錢櫃,
靈魂也就不斷往裡跳!

93
財產的囚犯,
他們的思想發出鎖鏈般冷酷的聲響,
——他們為自己發明了最虔誠的無聊

以及對不夜天和工作日的渴望。

94
遮蔽的天空中，
飛舞著射向仇人的
冷箭和致命的陰謀，
它們在中傷幸福者。

我的幸福使他們痛苦，
我的幸福成了這些嫉妒狂的陰影，
他們冷得發抖。

95
他們含情脈脈，卻鬱鬱寡歡，
他們捶胸頓足，
因為無人願擁抱他們。

他們不知肉味，
不近女色，
——他們悲天憫人。

96
莫非你們是女人，
所以你們想為你們之所愛
受苦？

97
奶汁流動在
他們的靈魂裡；不止於此！
他們的精神也是乳狀的。

98
他們是冷漠的，這些學者們！
願閃電擊中他們的菜餚！
他們可學過吃火？

99
他們的冷漠
使我的記憶吃驚了嗎？
我曾經感到過
我的心兒跳動和燃燒嗎？

100
他們的理智是悖理，
他們的幽默是「然而」、「可是」。

101
你們對於過去的
虛假的愛，
一種腐朽墳墓的愛——
它是對生命的掠奪：
你們從未來偷竊了它。

古董專家：
一種腐朽墳墓的行當，
生活在棺材和鋸屑之間！

102
哦，這些詩人們！
他們身上藏著一匹牡馬，
以貞潔的方式嘶鳴著。

103
唯有能夠自覺自願地
說謊的詩人，
方能夠說出真理。

104
我們對真理的追求——
可是對幸福的追求？

105
真理——
是一女子，如此而已，
在她的羞怯中藏著狡詐，
對於亟盼得到的，
她不想明白，
她佯裝拒絕……
她信服誰？唯有暴力！——
所以要施暴力，

要冷酷，你們最智慧者！
你們必須強迫她，
這羞羞答答的真理⋯⋯
為了她的幸福
需要強迫——
——她是一女子，如此而已。

106
我們彼此惡毒地揣想？
我們離得太遠了。
可是此刻，在這斗室裡，
我們的命運拴在一起，
如何還能繼續敵對？
人不得不愛，
倘若他無法逃脫。

107
「愛仇敵，
讓強盜把你劫走」：
女子聆聽這聲音並且——順從了。

108
美於誰相宜？
不宜於男子：
男子被美遮蔽了，——
而被遮蔽的男子罕能
自由地行動。

109
最美的肉體——僅是一帷幕，
其中害羞地裹著——次美的東西。

110
高貴的眼睛
垂著重重簾幕，
難得開啓，
秋波為它敬重的人流盼。

111
遲緩的眼睛
難得愛戀，
可它一旦愛戀，便如同
從一口金井射出奇光，
神龍在愛的避難所甦醒……

112
倔強者——
與自己結下惡姻緣
滿懷敵意，
是他自己的悍妻。

113
他快快不樂，
伸出瘦削的胳膊；
他的聲音消沉，

他的眼睛生出銅綠。

114
天空在熊熊燃燒，
大海對著你
齜牙咧嘴——大海
向我們啐唾！

115
每個莊園主如此説：
「無論勝者敗者
都叫他不得安寧！」

一個武裝的旅行者
煩躁不安，
無人肯將他留宿。

116
「煙也有點兒用處，」
貝都因人這樣説，我附和：
煙呵，你豈不
向羈旅之人宣告了
慷慨的客舍近在眼前？

一個疲倦的旅人——
迎接他的是
狗的冷酷的吠聲。

117
這裡是蟹，我對它毫不憐憫：
你抓住它，它就鉗你；
你放掉它，它就橫行。

118
一條閃光的舞蹈的溪流，
巨石累累的曲折的河床
把它捉住了：
怎樣使它重獲自由？
在陰暗的石塊之間
它的焦躁在閃爍，在抽搐。

119
偉人和大江曲折地行進，
曲折，然而朝著目標：
這是他們最佳的勇氣，
不畏懼走曲折的道路。

120
越過北國，冰，今天，
越過死亡，
在遠方，
有我們的生活，我們的幸福！
無論陸地
還是海洋
你都不能覓到

通向北極人之路——
一位先知向我們預言。

121
你想捉住他們？
對他們說
如同對迷路之羊：
「你們的路，你們的路呵，
你們把它丟失了！」
他們乖乖地跟隨
每個如此恭維他們的人。
「怎麼？我們有過一條路？」——
他們悄悄自語：
「真的，我們有過一條路！」

122
夜，屋頂上空
又露出月亮的胖臉。
他，公貓中最嫉妒者，
白皙肥胖的「月中男人」，
妒視著每一對情侶。
他裸行於一切暗角，
斜睨著半閉的綺窗，
像一個淫邪的胖僧侶
無恥夜行在禁路上。

最孤獨者
Der Einsamste

此刻，白晝厭倦了白晝，
小溪又開始淙淙吟唱
把一切渴望撫慰，
天穹懸掛在黃金的蛛網裡，
向每個疲倦者低語：「安息吧！」——
憂鬱的心呵，你為何不肯安息，
是什麼刺得你雙腳流血地奔逃⋯⋯
你究竟期待著什麼？

Nun, da der Tag
des Tages müde ward, und aller Sehnsucht Bäche
von neuem Trost plätschern,
auch alle Himmel, aufgehängt in Gold-Spinnetzen,
zu jedem Müden sprechen: "ruhe nun!"—
was ruhst du nicht, du dunkles Herz,
was stachelt dich zu fußwunder Flucht⋯
wes harrest du?

勤奮和天才

我嫉妒勤奮者的勤奮：
光陰閃著金光千篇一律地朝他流來，
閃著金光千篇一律地流去，
隱沒在陰暗的海洋裡，——
在他的帳幕四周開放著
沒有肢體的遺忘。

蜂蜜祭

請帶給我清涼新鮮的金色蜂蜜！
我用它獻祭一切饋贈者，
施惠者，建功者──一切鼓舞人心者！

鐵的沉默

側耳傾聽──沒有一點聲音！
世界瘖啞了……
我用好奇的耳朵傾聽：
一次次甩出我的釣鉤，
一次次釣不到一條魚。──
我傾聽，──我的網沒有動靜……
我用愛的耳朵傾聽──

巨人

「兄弟們，」侏儒長老說，「我們危險了。我明白這巨人的姿勢，他要將我們席捲。巨人走過，會有沙流。他一移步，我們就無影無蹤了。我且不說，那時我們會淹沒於怎樣可怕的元素裡。」

侏儒乙說：「問題是怎樣阻止巨人移步？」

侏儒丙說：「問題是怎樣阻止巨人為所欲為？」

侏儒長老莊重地答道：「我思忖一下。在此哲學地處理問題，其利倍增，其解唾手可得。」

侏儒丁說：「非嚇唬他不可。」

侏儒戊說：「非呵他癢癢不可。」

侏儒巳說：「非咬他腳趾頭不可。」

長老決定：「讓我們齊頭並進！我看我們安全了，這巨人不會再移步。」

尼采詩集 星星的碎片

作　　　者／尼采
譯　　　者／周國平
責 任 編 輯／賴曉玲
版　　　權／吳亭儀、翁靜如
行 銷 業 務／闕睿甫、王瑜
總 編 輯／徐藍萍
總 經 理／彭之琬
發 行 人／何飛鵬
法 律 顧 問／元禾法律事務所　王子文律師
出　　　版／商周出版
　　　　　　地址：台北市中山區104民生東路二段141號9樓
　　　　　　電話：(02) 2500-7008　傳真：(02)2500-7759
　　　　　　E-mail：bwp.service@cite.com.tw
發　　　行／英屬蓋曼群島商家庭傳媒股份有限公司城邦分公司
　　　　　　台北市中山區104民生東路二段141號2樓
　　　　　　書虫客服服務專線：02-2500-7718．02-2500-7719
　　　　　　24小時傳真服務：02-2500-1990．02-2500-1991
　　　　　　服務時間：週一至週五09:30-12:00．13:30-17:00
　　　　　　郵撥帳號：19863813　戶名：書虫股份有限公司
　　　　　　讀者服務信箱：service@readingclub.com.tw
　　　　　　城邦讀書花園：www.cite.com.tw
香港發行所／城邦（香港）出版集團有限公司
　　　　　　香港灣仔駱克道193號東超商業中心1樓
　　　　　　電話：(852) 25086231　傳真：(852) 25789337
　　　　　　E-mail：hkcite@biznetvigator.com
馬新發行所／城邦（馬新）出版集團
　　　　　　Cité (M) Sdn. Bhd.
　　　　　　41, Jalan Radin Anum, Bandar Baru Sri Petaling,
　　　　　　57000 Kuala Lumpur, Malaysia
　　　　　　電話：(603) 9057-8822　傳真：(603) 9057-6622
封 面 設 計／張福海
排　　　版／極翔企業有限公司
印　　　刷／卡樂製版印刷事業有限公司
總　　經　銷／聯合發行股份有限公司
　　　　　　地址／新北市231新店區寶橋路235巷6弄6號2樓
　　　　　　電話：(02) 2917-8022
　　　　　　傳真：(02) 2911-0053

■2018年02月22日初版
■2023年07月21日初版3.5刷
定價／380元
ISBN 978-986-477-402-9　Printed in Taiwan
著作權所有．翻印必究

國家圖書館出版品預行編目(CIP)資料

尼采詩集 星星的碎片 / 尼采作；周國平譯. -- 初版
. -- 臺北市：商周出版：家庭傳媒城邦分公司發行,
2018.02
　　面；　公分

ISBN 978-986-477-402-9(平裝)

1.尼采（Nietzsche, Friedrich Wilhelm, 1844-1900）
2.學術思想 3.哲學
875.51　　　　　　　　　　　　　　107000680

德文出處：《Friedrich Nietzsche Gedichte》[Reclam,
Philipp, jun. GmbH, Verlag (1986)]